ANNA
PFEFFER

NEW YORK
ZU VERSCHENKEN

D1857360

ANNA
PFEFFER

NEW YORK
ZU VERSCHENKEN

cbj

Sollte diese Publikation Links auf Webseiten Dritter enthalten,
so übernehmen wir für deren Inhalte keine Haftung,
da wir uns diese nicht zu eigen machen, sondern lediglich auf
deren Stand zum Zeitpunkt der Erstveröffentlichung verweisen.

Dieses Buch ist auch als E-Book erhältlich.

MIX
Papier aus verantwortungsvollen Quellen
FSC® C083411

Verlagsgruppe Random House FSC® N001967

1. Auflage 2017
© 2017 cbj Kinder- und Jugendbuch Verlag
in der Verlagsgruppe Random House GmbH,
Neumarkter Straße 28, 81673 München
Alle Rechte vorbehalten
Text © Ulrike Mayrhofer & Carmen Schmit
Umschlaggestaltung: *zeichenpool, München
Umschlagmotiv: © Shutterstock
(greenga, Lavandaart (3x), Mio Buono)
kk · Herstellung: AJ
Satz: Uhl + Massopust, Aalen
Druck: CPI books GmbH, Leck
ISBN: 978-3-570-17397-8
Printed in Germany

www.cbj-verlag.de

Mehr über cbj auf Instagram @hey_reader

New York zu verschenken

Aufgepasst, Leute! Hier gibt es einen Urlaub der Extraklasse zu gewinnen! Und zwar geht es am 19. Mai ab nach New York, zehn Tage, full package inklusive. Nur das Beste vom Besten, Luxus-Hotel, alle Sehenswürdigkeiten und die perfekte Reisebegleitung – nämlich mich.

Was ihr dafür tun müsst?

Ganz einfach: Olivia Lindmann heißen.

Klingt bescheuert, ist es aber nicht. Denn meine Ex ist bei diesem endgeilen Trip nicht mehr dabei und ich habe jetzt ein Ticket zu verschenken.

Und was für ein Ticket, ticket to heaven!

Also los – wer will mit? NY ist irre faszinierend, und gemeinsam mit mir wird es einfach der Oberhammer!

#dergeilstetripdeineslebens

Samstag, 17:33

Neue Instagram-Nachricht an anton_gr17.

Hallo, meine Freundin hat mir deinen Instagram-Link geschickt. Dein Angebot ist wahrscheinlich nur ein Fake, aber was soll's, zu verlieren habe ich ja nichts. Ich heiße Olivia Lindmann, der Name steht auf meiner Geburtsurkunde und in meinem Pass. Was willst du sonst noch wissen? Und: Was muss ich über dich noch wissen? Bist du pädophil oder stehst du einfach nur auf Babyöl? LG Liv

Anton Hä?

Liv 11. April.

Anton Hääää?

Liv Hääää zurück. Es ist ein Rätsel.

Anton Ich bin weder pädophil, noch stehe ich auf Babyöl. Oder Rätsel. #daswirdwohlnichts

Liv Okay, ich mache es dir ganz einfach: 11. April, 93 Herzen.

Anton Ach so. Gran-Canaria-Urlaub mit ein paar Kumpels. Babyöl ist für die schnelle Bräunung – dass du das überhaupt gesehen hast, liegt ja ganz hinten im Sand. Bist du von der NSA?
Und: Hast du gar kein richtiges Profilbild von dir?

Würde ungern mit einem getigerten Katzenbaby in den Flieger steigen. BTW: Es ist kein Fake, hier meine Nummer. Wenn du tatsächlich interessiert bist, dann whatsapp mich an.

Liv Und wer sagt mir, dass das nicht einfach der Versuch ist, an meine Nummer zu kommen?

Anton Was sollte mir das bringen? Ich weiß ja nicht mal, wie du aussiehst. Außerdem willst DU doch nach New York, ich bin ohnehin dabei.

2 Minuten später, via WhatsApp

Liv Okay, hier bin ich!

Anton Siehst du, es ist kein Fake.

Liv Wenn es ein Fake wäre, müsstest du ja gerade beteuern, dass es kein Fake ist. Das macht einen guten Fake doch erst aus. #ichdurchschauedich

Anton So wie du schreibst, bist du wohl doch bei der NSA.

Liv Vielleicht. Vielleicht auch nicht. Vielleicht bin ich auch bei der CIA oder dem ADAC, FAZ, CDU, EDV, H&M, HNO, FKK, HSV, BMF oder PFVEK.
PS: Mein Profilbild ist übrigens ein Bengalischer Tiger.

Anton Mit dem möchte ich auch nicht im Flieger sitzen. Und sag mal, postest du echt nur Bücher? Wie langweilig ist das denn?!
PS: Den PFVEK hast du doch erfunden.

Liv Gibt's wirklich.

Anton Verarschst du mich? Du bist beim Pfadfinderverein Einhornknall?! Schlimm genug, beim Pfadfinderverein zu sein. Aber der Name ist der Hammer … :D

Liv Gut, jetzt weiß ich zumindest, dass du googeln kannst.

Anton Und ich weiß jetzt zumindest, dass du einen Knall hast. Einen Einhornknall! Nein, du BIST ein Einhornknall. LOL! Gibt's dafür eigentlich 'ne eigene Uniform? Oder sitzt ihr abends rund ums Lagerfeuer und bastelt Stirnbänder mit Klopapierrollen? Und wenn ihr fertig seid, rennt ihr damit wiehernd durch den Wald und erschreckt die Füchse und Eulen zu Tode? WIEHAHAHA! WIEHAHAHA!

Liv … nimmst du Drogen?

Anton WIEHAHAHA! Liv, Foto! Bitte in Einhornknalluniform mit Klopapierrollen-Horn!

Liv Was genau sind das für Drogen?

Anton Liv, Foto!

Liv Anton, oberflächlich!

Anton Liv, zickig!

Liv Okay, du hast offenbar ein Drogenproblem. Und leidest an Oberflächitis.
Sag, wen würdest du mitnehmen:
a) total nett, aber hässlich und fett
b) total hübsch, aber psycho

Anton Du hast c) vergessen: total hässlich UND psycho.
Bei dir tippe ich doch langsam auf c. Willst du meinen Tipp mit einem hübschen Foto zunichtemachen?

Liv Bei dir tippe ich langsam auf A.

Anton Wie Arsch, nehme ich jetzt mal an?

Liv So doof bist du ja gar nicht. Das mit den Rätseln wird noch was.

Anton Jetzt bin ich aber enttäuscht. Nur weil ich hammermäßig aussehe, muss ich doch nicht dumm sein. Tsss. Was hast du nur für schreckliche Vorurteile, Liv.

Liv …
Kannst du dir nur im Entferntesten vorstellen, dass du einfach nicht mein Typ bist?

Anton Nö.

Liv Warum hat dich deine Freundin dann verlassen?

Anton Woha. Wie kommst du auf die Idee, dass SIE mich verlassen hat?

Liv Nenne es Intuition.

Anton Ich nenne es lieber Bullshit.

4 Minuten später

Anton Hallo? Hässliche Psycho-Liv? Noch da?

Liv Ja.
Ich musste mal.
Und nein, du bekommst kein Foto davon.

Anton Groß oder klein?

Liv Jetzt weiß ich, warum sie dich verlassen hat.

Anton ICH habe SIE verlassen.

Liv Wer's glaubt. Besäufnisfoto 3. Mai sagt was anderes.

Anton Bullshit.

Liv Hey, eben erst rausposaunt, dass du wieder Single bist und kurz darauf schon mit einem rothaarigen Mädchen im Arm und einer Flasche Bier in der Hand auf einer Party? Komm schon, Anton. Gib es zu. Danach fühlst du dich sicher besser. Und wir wollen uns schließlich kennenlernen.

3 Minuten später

Anton … wollen wir das?

Liv Willst du nicht wissen, mit wem du nach New York fliegst?

Anton Nun mal schön langsam. Wer sagt, dass ich dich überhaupt mitnehme?

Liv Immerhin chattest du seit 17 Minuten mit mir.

Anton Na und? Vielleicht bin ich einfach nur höflich. Daran schon mal gedacht?

Liv Sehr unwahrscheinlich. Ich vermute eher, dass sich bisher nur eine 60-jährige Oma und ein elfjähriges Mädchen gemeldet haben. Und ein homosexueller Oliver Lindmann, der sein Glück versucht. Maximal drei Leute – an denen du nicht interessiert bist.

Anton Wie kommst du denn da drauf?

Liv Sonst hättest du doch bestimmt schon gepostet: »Ho, ho, ho Leute – seht, wen ich da an Land gezogen habe! Welche Liv soll es werden? Die mit den großen Brüsten oder die mit dem Knackpopo? Abstimmung, Leute!«

Anton Ich würde niemals »Ho, ho, ho« schreiben. Und es würde mir tatsächlich bei der Entscheidung helfen: Hast du große Brüste oder einen Knackpopo? Oder beides?

Liv Idiot!

Anton Wusste ich doch, dass dir das gefällt. Willst du mir nicht lieber ein Foto schicken, damit ich keine blöden Fragen mehr stellen muss? Das nenne ich doch mal eine gute Idee.

3 Minuten später

Anton Noch da?

Anton Hey, Liv! Du bist doch noch online. Wenn du wegen so einem kleinen Joke schon angepisst bist … also doch Psycho-Liv.

11 Minuten später

Anton Okay, war vielleicht nicht politisch korrekt. Du kannst mir auch schreiben, wenn du flach wie ein Brett bist und einen Pferdearsch hast. Ich bin voll tolerant.

Anton Wirklich.

13 Minuten später

Anton Hey, ich werde nun doch mit Oliver nach New York fliegen, das wird bei der Passkontrolle schon nicht auffallen. Und meine Eltern sind da total entspannt, die lieben mich, auch wenn ich schwul zurückkomme. Meine Oma ist eher auf der konservativen Seite und enterbt mich wahrscheinlich, aber was soll's, meine Eltern haben genug Kohle. Anton und Oliver, das hat

auch einen gewissen Klang, oder? Und nur weil du jetzt nicht antwortest, kommt es überhaupt zu dieser Beziehung. Unsere adoptierten Kinder aus Kenia und Zimbabwe werden es dir danken! Willst du bei der Hochzeit dabei sein? Wäre doch lässig.
Dann kann ich bei der Hochzeitsrede vom Beginn dieser unglaublich verrückten Lovestory erzählen und im entscheidenden Moment auf dich deuten, Liv, die Ehestifterin. Aber damit ich das in diesem wichtigen Moment tun kann, muss ich wissen, wie du aussiehst. Also, rück es raus. Rück das Foto raus.

2 Minuten später

Liv Sorry, meine Ma.
...
Ein paar Minuten schreibe ich nicht und schon bist du schwul?

Anton Vielleicht bin ich nach unserem Gespräch tatsächlich schwul.

Liv Interessant. Und wenn ich mich jetzt eine Stunde nicht melde, bist du dann vielleicht Vegetarier? Katholisch? Auftragspantomime?

Anton Katholisch war ich schon vorher. Nicht aufgefallen?

Liv Wegen dem Babyöl?

Anton Ha, du kannst ja richtig witzig sein!
Nein, es geht hier um die Nächstenliebe, Liv. Ich

verschenke hier immerhin einen Urlaub der Extraklasse und erwarte im Gegenzug dafür … nichts.

Liv Wirklich gar nichts, Anton? Erwarten Menschen wie du nicht immer irgendetwas? Ewige Dankbarkeit, einen zwielichtigen Gefallen oder Sex in der Flugzeugtoilette?

Anton Interessante Lebenseinstellung, Liv.
BTW: Was soll das heißen, Menschen wie ich? Und wie kommst du darauf, dass ich auf Sex in der Flugzeugtoilette stehe? Aber: Bevor ich über dieses Angebot überhaupt nachdenken werde, schick mir lieber mal dein Foto.

Liv Mein Angebot? Ha, du kannst ja auch witzig sein! Hat dich deine Freundin verlassen, weil du so ein Clown warst?

2 Minuten später

Anton Liv, ich werde nicht verlassen. ICH verlasse.

Liv Nicht schlecht. Aus einem alten Schwarzenegger-Film geklaut?

1 Minuten später

Anton HASTA LA VISTA, BABY.

Liv …echt jetzt?

10 Minuten später

Liv Okay, das Thema mit deiner Ex ist heikel. Verstanden. Aber du musst einsehen, dass ich – bevor ich mit einem Fremden nach New York fliege – die Hintergründe verstehen will. Schon komisch, dass du sie ausgerechnet dann verlässt, wenn du schon die Tickets nach New York bezahlt hast … Hat sie dich etwa betrogen? Und liegt sie jetzt irgendwo in einer Tiefkühltruhe und kann deswegen nicht mitfliegen?

Anton Keine Angst, ich würde niemals eine Leiche in der Tiefkühltruhe verstecken. Dann müsste ich ja die ganzen Shrimps wegschmeißen.
BTW: Ich bin k ein Killer.

Liv Was war das jetzt?! Ein Freud'scher Verschreiber? Oh mein Gott. Muss ich die Polizei rufen?

Anton Ruhig, NSA-Liv. Sie lebt noch, war eben nicht die Mega-Liebe, okay? Sie hat einfach nur geil ausgesehen und irgendwann hatte ich die Nase voll von ihr.
Reicht das, reicht das endlich, Liv?
Apropos: Wo bleibt dein Foto?

Liv Hat einfach nur geil ausgesehen?! Ist das das Einzige, was dir zu ihr einfällt?!

Anton Yep.

Anton Aber was mir noch einfällt: Wann bekomm ich ein Foto von dir?

1 Minute später

Liv Okaaaaaay, Oberflächlich-Anton. Deine Fotoobsession ist ja schon krankhaft. Ich mach dir einen Vorschlag: Investier einfach mal Zeit in eine andere Person, ohne zu wissen, ob es sich optisch rentiert. Nur, um es mal auszuprobieren. Was sagst du: Bereit, ins kalte Wasser zu springen?

2 Minuten später

Liv Angst vor Wasser?

3 Minuten später

Liv Handy runtergefallen?

5 Minuten später

Liv Offline, Anton???

7 Minuten später

Liv Das ist dann wohl ein Nein.
Leb wohl, Anton, und noch ein schönes Leben mit Oliver!

Sonntag, 10:05

Anton Hey Liv, hatte gestern keinen Akku mehr und war dann noch mit den Jungs weg. Zu deinem Vorschlag fällt mir nur eins ein: Da hat wohl jemand ein biss-

chen zu viel Einhornstaub geschnüffelt. Mal ehrlich, du siehst ein paar Fotos, chattest ein paar Minuten mit mir und glaubst schon, mich zu kennen? Wer von uns beiden ist hier oberflächlich?
BTW: Ich springe gern ins kalte Wasser. Siehe 12. April, 67 Herzen.

5 Minuten später

Anton Hallooo?

1 Minute später

Anton Anton an hässliche Psycho-Liv!
Du hast gerade wieder ein Buch gepostet. Ich kann sehen, dass du online bist! Kannst du wegen akuter Oberflächitis nicht schreiben? Muss sich die smarte Liv eingestehen, dass ich recht habe?

1 Minute später

Liv Ob du es glaubst oder nicht, Anton, ich verbringe auch nicht jede freie Minute am Handy, ich habe nämlich noch ein richtiges Leben offline. Mit richtigen Eltern und richtigen Freunden und richtigen Hausaufgaben und richtigen Hobbys und so.

Anton Auch mit richtig PMS und so?

Liv Auch mit richtigen Idioten, ja.

Anton Dann erklär dem Idioten einmal, wie es kommt, dass du ihn für etwas verurteilst, in dem du selber Weltklasse bist.

Liv Weil ich Typen wie dich kenne, Anton. Ich weiß, welche Filme du gut findest, welche Musik du hörst, was du liest (wenn du überhaupt liest) und was du gerne zu Mittag isst. Du lebst ein scheinbar perfektes Leben in einer perfekten Welt, mit einer perfekten Familie, einem perfekten Haus, dem perfekten Hund und dem perfekten Gärtner.

Anton 1. Wir haben keinen Hund. Mein Vater steht mehr auf Vögel, deshalb haben wir eine Voliere, die ständig zugeschissen ist. Und 2. Unser Gärtner ist nicht perfekt. Er hat einen slawischen Akzent.

Liv Dein Ernst?

3 Minuten später

Anton Liv, entspann dich! Das war doch nur ein Joke. (Er hat wirklich einen slawischen Akzent, aber er ist trotzdem perfekt.) Hey, wenn ich so oberflächlich wäre, wie du behauptest, warum schreibe ich dir dann überhaupt noch? Nachdem du dein Foto wie eine Jungfrau behütest, sollte mein Interesse an dir nicht schon längst verpufft sein? Nach all dem Scheiß, den du vorher verzapft hast, müsste ich doch längst einen blöden Kommentar auf meinem Account posten (einen habe ich schon vorbereitet: »Leute, ihr glaubt gar nicht, wer sich hier alles meldet! Von Kätzchen bis

zu psychopathischen Tigern ist für jeden was dabei. Ein ganzer Zoo an Bewerbungen! Neben der elfjährigen Liv aus Düdo, die gerne fliegen würde, deren Eltern es aber nicht erlauben, hat die 60-jährige Liv aus Minden das gegenteilige Problem – die Enkelkinder wollen sie nicht mit einem wildfremden Typen verreisen lassen. Bleiben also nur noch zwei Kandidaten übrig: die mysteriöse Psycho-Liv, die gerne ihre Krallen zeigt, und der schmuseweiche Oliver, der schnurrt wie ein Kätzchen.« Sorry, Liv, ohne Foto bist du raus und wahrscheinlich ultrahässlich. Oliver, New York – wir kommen!).
BTW: Was esse ich gerne zu Mittag?

Liv Du weißt schon, dass dein Oliver-Satz zweideutig war. Absicht?
PS: Burger oder Spaghetti Carbonara.

Anton 1. Ja, wenn schon, denn schon. Ich mache keine halben Sachen.
2. Jetzt machst du mir Angst, habe ich das irgendwo gepostet? Oder bist du ein Stalker?

Liv Genau, Anton. Ich bin dein Stalker.

Anton Hast du auch gerade die Stimme von Darth Vader im Ohr?
Und um eins mal klarzustellen: Du machst es dir ganz schön einfach. Du steckst mich in eine Schublade, drückst ganz fest zu und glaubst, mich zu kennen. Du kennst mich nicht, Liv. Das Chatten ist für dich kein Risiko, nur ich springe ins Wasser. Du stehst trocken

am Beckenrand und lachst mir ins Gesicht. Nicht gerade fair, denn du weißt, wie ich aussehe, du glaubst auch zu wissen, wie ich wirklich bin, und das Einzige, was ich von dir kenne, ist das Foto eines Bengalischen Tigers. Und die krassen Sätze, die du mir entgegenschleuderst.

Liv Moment. War das eben der indirekte Versuch, mich doch näher kennenzulernen?

Anton Kann sein. Beschreib dich mal. Augenfarbe, Haarfarbe, Größe, Gewicht?

Liv Du kannst mich mal.

Anton Gut, dann was anderes. Hast du einen Freund?

Liv Was hat die Tatsache, ob ich einen Freund habe, denn mit meiner Persönlichkeit zu tun?

Anton Okay, du hast also keinen Freund. Macht nichts. Weniger Eifersuchtsdrama. Andererseits ein Indiz für Fettleibigkeit.
Hat er dich deswegen verlassen?

Liv Hä? Mich verlassen? Das Thema »Trennung« beschäftigt dich, oder? Schon mal was von Projektion gehört?

Anton Willkommen zurück, Psycho-Liv! Wieso habe ich das Gefühl, dass du eine ziemlich anstrengende Reisebegleitung wärst?

Liv Wieso habe ich das Gefühl, dass du dich stundenlang im Spiegel betrachten kannst?

Anton Wahrer Schönheit kann man einfach nicht widerstehen. Aber ich beschränke mich auf ein bis zwei Stunden pro Tag, um meine Perfektion zu betrachten, von der du so angetan bist.

Liv Ich habe nie gesagt, dass du perfekt bist.

Anton Du musst dich für deine Gefühle nicht schämen, Liv. Du warst doch richtig (richtiges Leben, richtige Hobbys) und ich perfekt.

Liv Du glaubst, dass ein perfektes Man-bekommt-alles-was-man-will-Seifenblasenleben besser ist als das echte, bei dem es auch mal Probleme gibt?

1 Minute später

Anton Ja, stell dir vor. Was spricht dagegen? Natürlich weiß ich, dass es kein perfektes Leben gibt. Aber was, wenn doch? Würdest du das echte Leben dem vollkommenen wirklich vorziehen?
Wenn du entscheiden könntest zwischen dem Knopf »perfektes Leben« und dem Knopf »richtiges Leben«, würdest du tatsächlich »richtig« wählen? Und komm mir jetzt nicht mit so einem »das Leben muss echt sein, mit all seinen Höhen und Tiefen, denn nur wer die Tiefen kennt, kann die Höhen schätzen«-Bullshit! Muss man wirklich unglücklich gewesen sein, um glücklich sein zu können? Glaube ich nicht.

Wenn es die Möglichkeit gäbe, auf Schmerz zu verzichten, so ganz und gar, ich würde sofort auf den »Perfekt«-Knopf schlagen.

Liv Wow. Anton, so eine Antwort hätte ich jetzt nicht erwartet. Das war ja. fast. schon. tiefsinnig.

Anton Ich wusste, dass ich dich damit beeindrucke. Habe ich gegoogelt.

Liv Und ZACK wieder zerstört.

Anton Liv, war ein Joke. Also, welcher Knopf wäre es?

30 Sekunden später

Anton Liv, drück endlich den Knopf!! Mann, brauchst du für jede Entscheidung so lange? Das gibt mir echt zu denken, was unseren möglichen NY-Trip betrifft. »Fräulein, wollen Sie Tee oder Kaffee?« – muss die Stewardess dann bis zur Landung auf eine Antwort warten? Oder die Sicherheitsleute? »Führen Sie gefährliche Gegenstände mit sich?« Bei der Frage solltest du dir nicht so lange Zeit lassen, Liv, das kommt nicht so gut. Die Amis sind da nicht besonders locker.

Liv Muss ich gefährliche Gegenstände mit mir führen, wenn ich mit dir unterwegs bin? Darüber sollte ich mir wirklich noch Gedanken machen. Und: Es gibt diese Knöpfe nicht, Anton. Es gibt kein perfektes Leben, auch wenn du glaubst, dass du eines führst.

Das Leben ist, wie es ist. Es gibt gute Tage, es gibt schlechte Tage und verdammt viele dazwischen.

Anton Du weichst aus. Entscheide dich, Liv!

Liv Das reale Leben.

Anton Lüge!

Liv Ach, woher willst du das wissen?

Anton Weil ich es weiß.

Liv Weil du es weißt? Was ist denn das für eine saublöde Antwort?

Anton Die richtige. Jeder will doch ein perfektes Leben ohne Schmerz, mit viel Kohle und jeder Menge Spaß. Einfach eine geile Zeit erleben. Mach dir nichts vor, Liv, du willst das auch!

Liv Das ist deine Definition von einem perfekten Leben? Viel Kohle, kein Schmerz und jede Menge Spaß?

Anton Yep, du hast es erfasst!

Liv Mehr fällt dir nicht ein? Das ist traurig. Das ist so verdammt traurig.

Anton Jetzt tu nicht so. Alle in meinem Alter wollen das. Moment. Wie alt bist du überhaupt?

Liv 63.

Anton Das erklärt so einiges. Vor allem die verstaubten Ansichten.

Liv Wenn es danach geht, müsstest du so um die zwei sein.

Anton Womit wir wieder beim Babyöl wären, HA! Es geht doch immer wieder zurück zum Anfang und zu der Frage, wer sich hinter dem Bengalischen Tiger versteckt. Ich brauch schon ein paar Infos von dir, um dich nach NY mitzunehmen.

Liv Ich muss jetzt aufhören.

Anton Dein Ernst? Hast du wirklich so viel Schiss?

Liv Ich muss WIRKLICH weg, bis später!

Anton Wenn es ein später überhaupt gibt … Liv, deine Geheimniskrämerei geht mir langsam RICHTIG auf den Geist!

Montag, 17:45

Liv Sorry, ich musste gestern echt weg. Und, damit du etwas beruhigt bist: Ich komme gerade aus der Schule. Und nein, es ist keine Abendschule, in der mir beigebracht wird, den Körper im Einklang mit der Natur zu bewegen, oder wo ich stricken lerne, um meinen drei Enkeln zu Weihnachten einen leuchtenden Rentierpullover zu schenken, den sie gar nicht verdient haben.

Dienstag, 15:17

Liv Hallo? Anton? Lebst du noch?

2 Stunden später

Liv Gut. Jetzt gibt es natürlich verschiedene Möglichkeiten. Du könntest vom Bus überfahren worden sein, hast überlebt, aber dein Handy nicht. Oder du knutschst gerade irgendwo mit Oliver herum, der in Wahrheit ein gemeiner Reiseschwindler ist und es nur auf NY abgesehen hat, nicht aber auf dich. Oder – meine Lieblingsvariante: Dein slawischer Gärtner hat unabsichtlich die Tür der Voliere offen gelassen, in der dein exzentrischer Vater keine Papageien, sondern Raubvögel beherbergt. Und die sind dann alle auf dich losgestürzt und haben dir die Augen ausgepickt, weshalb du jetzt meine Nachrichten nicht lesen kannst.

3 Minuten später

Liv Paps, es ist eine dunkle Zeit für den Campingausflug, aber danke für das neue Handy, das ist echt cool (obwohl ich mir die neue Nummer noch immer nicht merken kann). Der kleinen Prinzessin Leia geht es inzwischen zwar wieder besser, der Schnupfen ist weg, aber Luke kämpft gerade mit einem Schulprojekt, das auf der dunklen Seite der Macht steht. Vielleicht könntest du mir mit deiner Weisheit dabei helfen? Und versprochen, dein Hilfsanteil beträgt nicht 100% der Arbeit, ich bin auch mit 99% zufrieden. Hilf mir, Yoda! Luke braucht dich!

Mittwoch, 14:05

Anton Hey Liv! Hast du mich vermisst? Schon so auf Anton-Entzug, dass du mir fremde Nachrichten schickst? Sitze gerade beim Zahnarzt, und da hier wahrscheinlich gleich gebohrt wird, musste ich an dich denken. Komisch, oder? Außerdem ist mir langweilig. Aber noch interessanter: Hältst du dich tatsächlich für Luke Skywalker oder sind das die Schmerzmittel, die sich bei mir schon bemerkbar machen? Und wer ist die kleine Prinzessin Leia? Übrigens, mein iPhone wurde geklaut, deswegen die Funkstille. Ich wurde weder vom Bus überfahren, noch hat unser Gärtner die Tür zur Voliere offen gelassen (er ist schließlich perfekt, so etwas passiert ihm nicht!). Und Olivers Absichten sind mir sehr klar, was ich von deinen nicht behaupten kann.

3 Minuten später

Liv Anton, du lebst! (Also noch. Ich habe schon von den kuriosesten Unfällen auf dem Zahnarztstuhl gehört. Nimm dich also in Acht, vor allem, wenn er eine Maske trägt, die gefährlichsten Typen tragen nämlich eine.)
Vergiss die Nachricht von vorhin, die war nicht für dich bestimmt. Hab ich aus Versehen an dich verschickt – wahrscheinlich hatte ich einfach zu wenig Schlaf abbekommen.

1 Minute später

Anton	Oder du warst auf Entzug.
Liv	Bitte?
Anton	Na, auf Anton-Entzug. Das ist schon ganz schön hart und du hast mein vollstes Verständnis. Aber zumindest glaube ich jetzt zu wissen, dass du a) wirklich nicht 63 und b) Star Wars verfallen bist. Beides spricht zumindest für dich, Luke. Und was den Zahnarzt betrifft: Glaubst du, die lauten Schreie aus den anderen Behandlungszimmern sind ein schlechtes Zeichen?
Liv	Trägt der Zahnarzt denn eine Maske?
Anton	Yep, zumindest Nase und Mund sind bedeckt.
Liv	Anton, lauf, lauf, so schnell du kannst! Jetzt gleich, und dreh dich niemals um!!
Anton	Er ist hinter mir ... und er hat ... eine große Spritze und einen boshaften Blick, und er kommt immer näher. Liv, hilf mir! Rette mich!
Liv	Rette dich selbst, Anton! Und zwar schnell!
Anton	Machst du dir wirklich Sorgen um mich?
Liv	Wie soll ich denn ohne dich nach NY kommen?

Anton Du alte Reiseschwindlerin!

Liv Was Oliver kann, kann ich schon lange!

24 Minuten später

Anton Die gute Nachricht: Ich lebe noch.

Liv Und die schlechte?

Anton Es wurde etwas gebohrt. Und die Weisheitszähne müssen irgendwann raus.

Liv Alle?

Anton Alle vier. Auf den Röntgenbildern sieht man die Kerle schon. Mann, die haben eine ganz schön lange Wurzel (typisch für mich ;)). Wird also schmerzhaft. Oder ich lass mir eine ordentliche Anästhesie verpassen.
Ja, genauso mach ich das. Die volle Dröhnung.

Liv Weichei!

Anton War mir klar, dass du so denkst. Man muss den Schmerz schließlich spüren, oder? Du hast dir sicher alle vier Weisheitszähne ohne Narkose, nein, sogar ohne Betäubung ziehen lassen – habe ich recht? Wahrscheinlich hast du es selbst getan, ganz ohne Zahnarzt, mit bloßen Händen hast du sie dir rausgerissen! Du bist schließlich die Einhorn-Indianer-kennen-keinen-Schmerz-Liv, stimmt's?

Liv Und du behauptest immer, dass du zu wenig über mich weißt!

Anton Beeindruckend, oder?

Aber jetzt mal ehrlich, hast du deine Weisheitszähne noch? Und wenn nicht, wie war's? Ich will Details. Auch gerne blutige.

Liv Okay, Anton, wenn du es wirklich wissen willst: Vor ungefähr einem Jahr habe ich sie mir ziehen lassen. Ohne Vollnarkose, aber natürlich mit Betäubung, ich bin ja kein Masochist. Die ersten drei waren kein Problem, aber der letzte Zahn wollte nicht so recht, da die Wurzel gebogen war. Mein Zahnarzt hat gewerkt und gerüttelt, als würde es kein Morgen geben – und ist dabei irgendwie abgerutscht und hat den Zungennerv getroffen.

Anton WTF??? Dein Ernst???

Liv Genauso war es.

Anton Und was heißt das? Kannst du jetzt nicht mehr sprechen? Hängt dir der Mund schief?

Liv Genau, deswegen schicke ich dir kein Foto.

Anton Echt jetzt? Ist das der Grund?! Bist du so entstellt? Aber hey, wie kann der Typ deinen Zungennerv erwischen? Du warst doch nicht etwa bei einem blinden Zahnarzt, oder? Toleranz hin oder her, das ist too much.

Liv Der Zungennerv verläuft im Unterkiefer, hinten rechts. Du unterschreibst vorher so einen Zettel, der dich über die ganzen Risiken aufklärt, schließlich ist es ja eine OP, da kann immer was schieflaufen. Das passiert nicht oft, aber ab und an kommt es vor.

Anton Hast du den Typen wenigstens verklagt?

Liv Nein, ist auch halb so wild.

Anton Was heißt hier halb so wild? Wie siehst du denn aus, Liv? Ist es schlimm? Tut es weh?

Liv Machst du jetzt einen auf einfühlsam?

Anton Kannst du bitte mal ernst sein?

Liv Es tut nicht weh. Es kribbelt in der rechten Zungenhälfte, so als ob sie eingeschlafen wäre. Nur wenn ich daran denke, bemerke ich es überhaupt.

Anton Wie ist das beim Küssen?

Liv Ehrlich jetzt?

Anton Ist die Frage so abwegig?

Liv Ich habe mich dran gewöhnt.

Anton Ans Küssen?

Liv Okay, Themenwechsel. Denk lieber wieder an deine Weisheitszähne.

Anton Du hättest dir die Zähne doch lieber selbst ziehen sollen.

Liv Für mich ist es zu spät, Anton. Aber du kannst es noch tun! Und wenn du es tust, dreh ein Video davon!

Anton Mein Vater hätte den Zahnarzt so was von verklagt, der hätte nicht gewusst, wie ihm geschieht.

Liv Ist dein Vater etwa Anwalt?

Anton Nee, Herzchirurg. Aber er kennt sich natürlich mit Kunstfehlern aus, auch wenn er selbst keine macht.

Liv Natürlich macht er keine.

Anton Er ist schließlich perfekt.

Liv Genau. Und damit du perfekt bleibst, musst du dir die vier Zähne reißen lassen.

Anton Du hast es erfasst. Sonst verschiebt sich meine makellose Zahnstellung. Und das wollen wir nicht. Denn mit schiefen Zähnen kann ich mich doch nicht ein bis zwei Stunden pro Tag im Spiegel betrachten, wo denkst du hin?

Liv Stimmt. Aber dann ist die ganze Weisheit dahin. Was dann wohl noch übrig bleibt? #angstvordemnichts

Anton Genug, da mach dir mal keine Sorgen. Was für ein Schulprojekt hast du eigentlich, Luke?

Liv Das ist uninteressant.

Anton So uninteressant wie unser Gespräch über Weisheitszähne?

Liv Genau!

Anton Also komm, lass dir nicht alles aus der Nase ziehen. Worum geht's denn?

Liv Wir müssen eine Übungsfirma gründen und irgendein fiktives Produkt an fiktive Kunden verkaufen, fiktives Marketing hierfür betreiben, um fiktive Bedürfnisse zu wecken, die letztendlich fiktives Geld in die fiktive Kasse bringen, die vom fiktiven Controlling betreut wird.

Anton Hört sich ziemlich fiktiv an. Und hört sich danach an, als müssten wir ziemlich im gleichen Alter sein, Übungsfirmen machen wir in der Zehnten auch gerade. Also, wie alt bist du? Und wo wohnst du überhaupt, Liv? Was siehst du, wenn du aus dem Fenster schaust? Asphalt oder Wiese? Straße und Autos oder das weite Nichts? Kurzum: Landei oder Stadttussi? Moment. Du bist doch beim PFVEK … wo sind denn die?

Liv Jetzt mal ruhig, Sherlock. Ich habe nie behauptet, beim PFVEK zu sein.

Anton Ja, aber du kennst ihn! Sprich, du bist oder warst Mitglied dort oder kennst jemanden, der Mitglied ist. Aha. In der Nähe von Hamburg gibt es den Verein. Liv, das wird ja immer interessanter! Du bist ja doch nicht so weit weg von mir!

Liv Doch, Anton, ich bin GANZ weit weg von dir.

Anton Gefühlt und eingebildet vielleicht, aber dein Körper befindet sich im Umkreis von vielleicht 30, 40 Kilometern, habe ich recht? Und ist es ein schöner Körper, der sich dort befindet?

Liv Warum ist dir das so wichtig?

Anton Der Körper oder der Umkreis?

Liv Beides. Diese ganzen Details.

Anton Weil du so ein verdammtes Geheimnis daraus machst. Das ist schräg. Wir sollten uns treffen, miteinander quatschen, uns kennenlernen – und sehen, ob es passt. Oder eben nicht passt (schon rein größentechnisch). Wie in den schnulzigen Filmen könnten wir ein Erkennungszeichen mit uns rumschleppen, zum Beispiel eine Rose, oder ein Buch, irgendein abgefahrenes, das sonst keiner mit sich herumträgt – was hältst du von der Bibel? Und dann, wenn ich dich sehe und merke, dass du die Liv bist, die so lange ein Rätsel aus sich gemacht hat, wie wird es dann sein? Ist das nicht auch spannend und eben das echte Leben?

Liv Anton, die Bibel? Was ist, wenn du dann auf eine Zeugin Jehovas triffst? Die nimmt dich doch gleich mit nach Hause!

Anton Bist du eine?

Liv Glaubst du, dass ich eine bin?

Anton Musst du jede Frage mit einer Gegenfrage beantworten?

Liv Glaubst du, ich muss? *lachflash*

20 Sekunden später

Liv Okay. Ich bin keine Zeugin Jehovas. So. Jetzt weißt du das Wichtigste über mich.

Anton Warum fällt dir das so schwer, Infos über dich rauszulassen? Hast du irgendein Trauma?

Liv Ich habe kein Trauma, falls dich das beruhigt. Und ich gebe dir recht: Wenn wir gemeinsam nach NY reisen wollen, dann sollten wir uns näher kennenlernen. Aber ich glaube nicht, dass es dafür wichtig ist, zu wissen, wie der andere aussieht. Das ist doch nur die Oberfläche. Lieber möchte ich wissen, wer du bist, wer sich hinter den Sonnyboy-Fotos versteckt, wer der Typ ist, mit dem ich vielleicht nach NY fliegen werde, mit dem ich die Freiheitsstatue live sehen und durch den Central Park spazieren werde – und im selben Zimmer schlafen werde. Das alles tu ich ja nicht alle Tage.

Vielleicht ist es für dich nichts Besonderes, aber für mich ist es das. Und mir ist es wichtig, dass ich dafür ein bisschen mehr von dir weiß.

20 Sekunden später

Anton Okay, ich tu mal so, als würde ich dir den Grund abkaufen – aber warum können wir uns über diese Dinge nicht persönlich austauschen? Was macht es denn für einen Unterschied, ob wir hier miteinander chatten oder uns einfach mal unverbindlich treffen?

Liv Hier sind wir nur zu zweit.

Anton Du kannst auch zu mir nach Hause kommen. Dann sind wir auch nur zu zweit ;)

Liv Witzig.

Gut, dann andersrum: Wieso können wir uns nicht hier unterhalten und erst mal ein wenig schreiben und uns erst später treffen? Liegt es daran, dass du dich sonst nur mit hübschen Mädchen unterhältst, während du vor den hässlichen davonrennst, und jetzt nicht weißt, wie ich aussehe? Hast du Bammel, dass du deine Zeit vergeudest?

Anton Okay, ich bin dabei.

Liv Wirklich?

Anton Klar. Warum nicht. Wir chatten jetzt einfach mal eine Zeit lang so rum, und wenn ich dann im Real Life sehe, dass du eine fette Zeugin Jehovas bist, werde ich mein Erkennungszeichen (= die Bibel) irgendeinem anderen Typen in die Hand drücken und wegrennen. Das passt doch in dein Bild, oder? Dann bekommt zumindest jeder von uns, was er erwartet.

Liv Also, Deal?

Anton Deal.

Donnerstag, 10:00

Anton An alle »Mit Anton auf nach NY«-Interessierten! Hier ist euer Fragebogen, damit wir uns besser kennenlernen. Ein Vögelchen hat mir gezwitschert, dass es um die inneren Werte geht, und die wollen wir uns jetzt einmal genau angucken! Und zwar ganz genau, seid ehrlich, lasst es raus und überrascht mich! Nichts wie los und gebt Gas – ich bin schon gespannt auf eure Antworten und den ergreifenden »NY, ich wollte dich schon immer kennenlernen«-Aufsatz! Das ist eure Chance, mit mir NY unsicher zu machen – möge die Beste gewinnen! #dergeilstetripdeineslebens

141 Minuten später

Liv Sag mal, hast du sie noch alle? Also ehrlich, was sind denn das für Fragen? Hast du die aus der »Bravo« geklaut?

63 Minuten später

Anton Es freut mich, dass sie dir gefallen, Liv. Und ich freue mich noch mehr auf deine Antworten. Und deinen Aufsatz. Zwei A4-Seiten sollten reichen.

Liv Vergiss es.

Anton Tschüss, NY! #livbleibttraurigzuhause #livwirdnieNYsehen

31 Minuten später

Anton Also gut. Bevor du jetzt deine Kuscheltiere vollheulst – du wolltest doch, dass wir uns näher kennenlernen. Ich habe deine Idee lediglich aufgegriffen. Schließlich bist du nicht die Einzige, mit der ich hier wegen der Reise chatte (es ist ja auch ein Hammertrip!). Und ich brauche eine klare Entscheidungsgrundlage. Du hattest vollkommen recht, das Aussehen ist nicht entscheidend, ich sollte mich mehr auf den Menschen dahinter konzentrieren.

Liv Siehe Frage 3: »Wann hattest du das erste Mal Sex? Hattest du überhaupt schon Sex?« Inwieweit sind denn diese Fragen relevant, Anton?

Anton Natürlich sind sie es, denn sie lassen mich Rückschlüsse auf den Charakter ziehen. Bist du offen oder verklemmt? Bist du eine, die auf den Richtigen und die Ehe wartet, vielleicht mit religiösem Hintergrund, oder bist du hier flexibler aufgestellt?

Das sind Dinge, die ich schon wissen sollte. Wer weiß, vielleicht fällst du sonst im Hotelzimmer im Schlaf über mich her, weil du denkst, dass ich der Richtige bin (damit wärst du nicht die Einzige). Ich muss schließlich auf mich achtgeben.

Liv Und inwiefern ziehst du bei Frage 5 »Wenn du eine Handtasche trägst, wie trägst du sie dann?« Rückschlüsse auf meine Persönlichkeit?

Anton Siehe Frage 6.

Liv Ob ich mich hübsch finde?

Anton Genau.

Liv ??? DAS musst du mir jetzt wirklich erklären. Macht das in deiner eigenen Welt wirklich Sinn?

Anton Na, ganz einfach (ich bin jetzt schon etwas enttäuscht von deiner Kombinationsgabe): Die arroganten Chicks tragen ihre Tasche oft in der Hand, die schüchternen haben sie um die Schulter gehängt, das sieht man doch immer wieder. Frage 5 ist also eine Vor-Frage zu 6. Wenn du arrogant bist, wirst du immer glauben, dass du hübsch bist, auch wenn du aussiehst wie ein potthässlicher Blobfisch – bist du aber schüchtern und siehst megageil aus, wirst du behaupten, nicht besonders ansehnlich zu sein. Frage 5 erlaubt mir also, Rückschlüsse über den Wahrheitsgrad zu Frage 6 zu ziehen. Ausgeklügeltes System, oder? Da bleibt dir die Luft weg!

Liv Okay, ich musste wirklich kurz Luft holen. Selbst wenn Frage 5 tatsächlich ausschlaggebend für das Selbstbewusstsein wäre (was die bescheuerte Taschenfrage definitiv nicht ist), zielen die Fragen doch nur darauf ab, herauszufinden, wie deine Reisebegleitung aussieht.

Anton Lüge! Eine dreiste Lüge!

Liv Frage 9: »Wie groß bist du?« Was hat denn diese Frage bitteschön mit inneren Werten zu tun?

Anton Also, Liv. Jetzt streng dich doch mal an. Du schätzt mich vollkommen falsch ein. Anstatt mir pure Oberflächlichkeit zu unterstellen, möchte ich nur auf die Bedürfnisse meiner Reisebegleitung Rücksicht nehmen.
Nehmen wir einmal an, die nette Olivia Lindmann aus Nürnberg ist 1,89 groß. Dann muss ich mich doch darum kümmern, dass sie ein entsprechendes Bett im Hotelzimmer bekommt und nicht mit eingezogenen Beinen schlafen muss. Und dass sie im Flieger genügend Platz hat; ich muss mich auch darauf vorbereiten, dass ich ständig »Achtung!« rufe, wenn sie sich irgendwo stoßen könnte.
Ich SORGE mich, das könntest du ruhig einmal anerkennen.

Liv Du bist so selbstlos.

Anton Endlich! Es tut gut, das zu schreiben, oder? Fühlst du dich jetzt besser?

Liv Seltsamerweise nicht. Aber weißt du, wie ich mich besser fühlen würde (und da du dich ja derart um das Wohlergehen anderer SORGST, bist du sicher brennend daran interessiert, es zu erfahren): Ich würde mich viel wohler fühlen, wenn ich den bescheuerten Fragebogen nicht beantworten und auch den Aufsatz nicht schreiben müsste. Und da du das alles sowieso nur erfunden hast, um mich zu terrorisieren, sollte das kein Problem sein.

Anton Jetzt mal langsam. Wie kommst du darauf, dass ich nur dich terrorisieren möchte? Ich habe insgesamt 37 Bewerbungen erhalten, eine überzeugender als die andere. Die Qual der Wahl lastet auf mir, und der Fragebogen und das NY-Motivationsschreiben sollen mir helfen, eine Entscheidung zu fällen. Der Bachelor bekommt schließlich auch etwas mehr Zeit, um die Chicks abzuservieren, und selbst Heidi Klum trifft ihre Entscheidung nicht über Nacht.

Liv Du bist aber nicht der Bachelor. Oder Heidi Klum.

Anton Ich habe heute leider kein Foto für dich!

Liv Du wirst langsam größenwahnsinnig.

Anton Langsam? Ich dachte, dafür hast du mich schon von Beginn an gehalten. #antonisteinfachnurgeil

Liv #größenwahnsinnisthoffentlichnichtansteckend

Anton Was uns direkt zu Frage 10 führt – hast du irgendwelche ansteckenden Krankheiten, irgendetwas, was ich unbedingt wissen sollte? Chronischen Durchfall, ständige Migränc, die Pest?

Liv Nein, ich habe keine schreckliche Krankheit. Nur ab und zu Kopfschmerzen. Komisch, wenn ich mit dir chatte, verstärken sie sich – ein Zeichen?

Anton Wusstest du, dass es offiziell 252 Arten von Kopfschmerzen gibt?

Liv Dann sind es seit Kurzem 253. Wie willst du den neuen Anton-Kopfschmerz nennen?

Anton Ich könnte ihn nach dir benennen. HA! So, muss jetzt zu meinen Jungs, wir gehen eine Runde zocken. Freue mich auf deine Bewerbung, Liv!

Liv Warum werden die Kopfschmerzen jetzt bloß noch stärker?

Freitag, 18:03

Anton Habe gerade mit den Jungs Star Wars geguckt und du bist ganz schön alt geworden, Luke! (Kratz uns ja nicht ab, bevor ich deinen NY-Aufsatz und den Fragebogen erhalte.)

Sonntag, 21:49

Anton Der Aufsatz der elfjährigen Olivia aus Mannheim hat mir gut gefallen. Vor allem die Zeile: »Shoppen auf der 5th Avenue, das war schon immer mein größter Traum.« Gut, dass die Kids von heute noch anständige Träume und richtige Ziele haben.

Du willst doch sicher auch nur shoppen, oder Liv?

Dienstag, 18:45

Anton Auch ein Highlight, Frau Lindmann aus Stuttgart, nach eigenen Angaben frische 43. Ich kopier dir das einfach mal hier rein, damit du auch was davon hast.

»Als ich damals *Schlaflos in Seattle* mit Tom Hanks und Meg Ryan gesehen habe, wusste ich, dass ich irgendwann auch einmal auf dem Empire State Building stehen muss. Ich weiß, du bist zu jung, um den Film zu kennen, aber schau ihn dir ruhig an – wahrscheinlich kannst du ihn dir von irgendeiner dieser Plattformen runterholen. Es ist eine wunderschöne Liebesgeschichte. Ein Witwer spricht in einem Radiointerview von der Liebe zu seiner verstorbenen Frau und eine Journalistin verliebt sich daraufhin in ihn. Am Schluss treffen sie sich auf dem Empire State Building. Du kannst dir nicht vorstellen, wie romantisch das ist, als sie sich endlich das allererste Mal sehen! Und genau diese Romantik möchte ich auch in mein Leben lassen, Anton. Meine Energetikerin hat es mir bestätigt, ich werde dort oben stehen und den

Mann meines Lebens treffen. Gut aussehend, groß – er darf auch gerne Haare auf der Brust haben. Anton, ich kann es kaum erwarten, mit dir nach New York und in das Happy End meines Lebens zu fliegen!«

17 Minuten später

Liv Okay. Das ist gruselig.

14 Minuten später

Anton Hast du verstanden, was ich mir von der Plattform runterholen soll?

Liv War ja klar, dass das das Einzige ist, was bei dir hängen geblieben ist.

Anton Also ich glaube eher, dass die Alte hängen geblieben ist.

Liv Es ist creepy. Und traurig. Eine echt seltsame Kombination. Hast du das wirklich nicht selbst geschrieben?

Anton Wozu sollte ich so einen Scheiß erfinden?!

Liv Keine Ahnung. Um mich zu verarschen?
Toller Prank.

Anton Liv, du kennst mich wirklich gar nicht.

Liv Dito.

Anton Genau! Und daher brauche ich deinen Fragebogen und deinen Aufsatz.
PS: Kennst du »Schlaflos in Seattle«?

Liv Nö. Aber es hört sich ziemlich alt an. Meine Mutter steht auf Tom Hanks.

Anton Die Dan-Brown-Filme mit ihm haben mir gefallen.

Liv Hast du auch die Bücher gelesen?

Anton Wozu soll ich die Bücher lesen, wenn es die Filme gibt? #zeitverschwendungdeluxe

Liv Weil die Bücher einfach viel mehr können? Hast du überhaupt schon jemals ein Buch gelesen?

Anton Da muss ich dich leider enttäuschen. Ich wurde schon des Öfteren von meinen Lehrern dazu genötigt, ein Buch zu lesen – Google sei Dank kann man sich meistens durchmogeln, nur jetzt beginnen die Lehrer irgendwelche unnötigen Details aus den Romanen abzufragen: »Welchen Pullover trug Franziska am dritten Tag, bevor sie den Anruf ihrer Mutter erhielt?« – ätzend! Das steht natürlich nirgends. (Außer in dem verdammten Buch.)

Liv Ich verstehe nicht, wie man Filme Büchern vorziehen kann. Filme können toll sein, keine Frage, und es gibt auch klasse Verfilmungen, aber der beste Film spielt sich doch in deinem Kopf ab. Allein durch Worte erwachen die Figuren zum Leben, du bist bei ihnen, lernst ihre Schwächen und Ängste kennen, ihre Wünsche, hast ein genaues Bild von ihnen vor dir – du liest ihre Gedanken und leidest mit ihnen, du wirst zum Teil der Geschichte – und es ist alles viel detaillierter als in einem Film.

Anton Hey, du hast recht – der Film in meinem Kopf ist wirklich interessanter. WOW, Liv, was für eine Erkenntnis! Und weißt du, was darin gerade passiert, wenn ich deine Nachricht lese? Wörter trommeln durch meinen Kopf und erwachen zum Leben, um Folgendes zu brüllen: RÜCK ENDLICH DEN FRAGEBOGEN UND DEN AUFSATZ RAUS!
PS: Die 19-jährige Olivia aus Wien würde sich gerne vom Empire State Building stürzen: »Immerhin sollte der eigene Tod doch spektakulär und etwas Besonderes sein.«

10 Minuten später

Liv Ich gebe auf. Bevor du mich weiterhin mit irgendwelchen gefakten (!!!) Motivationsschreiben terrorisierst, werde ich dir schreiben, worum es mir geht. Denn ein vernünftiger Teil von mir hofft zu verstehen, worum es dir geht. Wenn du mich mit nach NY nimmst, ist es nicht zu viel verlangt, dass ich dir kurz schreibe, warum ich dorthin möchte, immerhin hast du die Tickets und das Hotel bezahlt. Nur den Fragebogen kannst du vergessen.
Und: Solltest du dich auch nur irgendwie über meine Motivation lustig machen, auch nur ein Wort, dann schreibe ich dir NIE wieder.

Anton Jetzt machst du es aber spannend, Liv. Ich werde schon ganz nervös.

2 Minuten später

Liv Es gibt Orte, über die man schon so viel gelesen, die man so oft in Dokus, in Filmen und im Internet gesehen hat, dass man glaubt, sie zu kennen.
Aber natürlich kennt man sie nicht. Man weiß nicht, wie es dort riecht, wie die Pizzen dort schmecken, hat keine Ahnung, ob einem der Wind dort kälter ins Gesicht bläst.
Genauso geht es mir mit New York. Die Stadt wird in unzähligen Büchern beschrieben, dient zahlreichen Serien und Filmen als Kulisse und doch weiß ich nichts über sie. Deshalb drängt es mich, sie selbst hautnah zu erleben. Ich möchte sie einatmen, möchte, dass mich das Licht in der Nacht am Times Square blendet, ich möchte die Mauern des Guggenheim-Museums berühren, möchte Van Goghs »Sternennacht« im Museum of Modern Art ehrfürchtig betrachten, möchte mit nackten Füßen das Gras des Central Parks spüren, möchte einen Hotdog auf der Wall Street essen, möchte, dass mir der Wind die Haare ins Gesicht bläst, während ich mir von der Fähre aus die Freiheitsstatue ansehe.
Ich bin noch nicht oft verreist, und ich war noch nie in Amerika. So weit weg zu sein von zu Hause, finde ich unglaublich aufregend. Und vielleicht sind meine Vorstellungen von der »Stadt, die niemals schläft« falsch, aber ich möchte spüren, wie sie lebt und pulsiert. Ich möchte das, was ich so oft gesehen und

gelesen habe, tatsächlich miterleben. Allein die Vorstellung lässt ein Kribbeln durch meinen ganzen Körper laufen.

Und deswegen schreiben wir doch überhaupt miteinander.
Weil uns beide diese Stadt einfach fasziniert.

10 Minuten später

Anton Das waren aber keine zwei A4-Seiten.

50 Sekunden später

Anton War bloß ein Scherz, Liv!
Du scheinst ja wirklich dorthin zu wollen.

Liv Wer bitteschön würde denn nicht nach NY wollen?
(Ich meine, außer deiner Ex.)

Anton Wenn ich erst mal unsere Fotos poste, wird sie es schon noch bereuen.

Liv Geht es dir darum? Dass sie es bereut?

Anton Natürlich nicht. Die ist mir doch so was von egal.

Liv Hört sich aber nicht danach an.

Anton Shit, du warst schon so knapp davor, mitgenommen zu werden. Jetzt muss ich es mir doch noch mal überlegen.

Liv Was ist mit ihr passiert? Warum ist sie so ein rotes Tuch für dich?

Anton Ist sie überhaupt nicht. Außerdem tut das hier nichts zur Sache und geht dich auch nichts an.

Anton Muss noch etwas erledigen, bin dann mal weg.

Liv War ja klar. Warum überrascht mich das nicht, Anton? #wennskompliziertwirdeinfachabhauen

Freitag, 23:49

Anton Hab mir mit den Jungs gerade eben noch eine Pizza reingezogen und King Kong von Peter Jackson gestreamt, bevor wir gleich aufbrechen und die Nacht rocken werden. Und du, kluge Liv, weißt sicher, wo King Kong spielt. Genau, in New York! Der Stadt, die niemals schläft! Und zwar auf dem Empire State Building, der Abend war also nicht einfach Vergnügen, sondern Recherche und führt uns zu folgenden lebensentscheidenden Fragen: Bist du blond? Bist du hübsch?

15 Minuten später

Liv Bist du blöd?
Warum sollte ich jetzt auf einmal auf deine »Wie sieht sie aus, ist sie hübsch? Ich muss es wissen!«-Besessenheit eingehen? Wir hatten einen Deal, war mir klar, dass du dich nicht daran hältst.

Anton Also, Liv. King Kong anzuschauen war einfach ein erhellender Moment, und mir sind die Gefahren bewusst geworden, die vor uns liegen, wenn du blond UND hübsch bist. Nehmen wir einmal an, wir besuchen gemeinsam das Empire State Building, stehen oben, genießen die Aussicht, alles voll super. Du wirfst eine Münze in das Fernrohr, bist ganz angetan von meiner Gesellschaft, und plötzlich nähert sich uns etwas Dunkles, ganz schön Haariges und verdammt Großes. Es ist King Kong. Und der denkt vielleicht, »Hey, das ist die geile Tussi von der Insel, die nehme ich doch rasch mal mit« – und dann wandert sein Blick zu mir und er denkt weiter: »Zwischen denen läuft doch was, so gut, wie der Typ aussieht – das geht doch nicht!«, und dann hebt er seinen haarigen Arm, während er sich schnell und bedrohlich zu uns hangelt, und drischt auf mich ein, mit einer monströsen Gewalt, während alle anderen kreischend in den Aufzug nach unten stürmen.
So, jetzt wirst du verstehen, was ich meine.

Liv Sag mal, was habt ihr zur Pizza getrunken? Das hochprozentige Zeug aus dem Versteck deines Vaters?

1 Minute später

Anton Nur ein paar Alcopops. Was tut denn das jetzt zur Sache? (Und mein Vater hat kein Versteck, der hat eine eigene Bar im Haus.)

Liv Siehst du das hier schon doppelt doppelt?

Anton Ich bin noch voll da! (Gleich aber nicht mehr, dann bin ich da voll, denn wir sind auf dem Weg zur PAAAAAARTY). Was machst du? Den Fragebogen ausfüllen?

Liv Ich bin zu Hause.

Anton Und dann auch auf dem Weg zu einer PAAAAARTY?

Liv Nein, ich bin einfach zu Hause.

Anton ??? Darfst du nicht raus? Bist du angekettet? Hast du doch eine Krankheit?

Liv Jetzt kann ich der King-Kong-Sache doch einiges abgewinnen, wir könnten auch eine blonde Perücke für dich mitnehmen. Gute Nacht, Anton – und Vorsicht vor großen, haarigen Kerlen!

Sonntag, 19:03

Anton Das war ein ENDGEILES PARTY-WE!! Und nächste Woche geht's ab in die Berge! Was machst du in den Märzferien? Im Jogger zu Hause abgammeln? Mann, wie traurig ist das denn, dass du am Freitagabend zu Hause hockst? Hast du keine Freunde? Oder machst du einen auf Mitleid, damit ich dich sicher nach NY mitnehme?! Ich bin nicht so der Mitleidstyp.

5 Minuten später

Anton In einer Sache kann ich dir aber jetzt entgegenkommen (das wird dir gefallen) – nämlich was deine Behauptung angeht, dass Bücher besser sind als Filme. Wie hast du so schön gesagt? In Büchern erwachen die Figuren nur durch Worte zum Leben, man ist bei ihnen, lernt ihre Schwächen und Ängste kennen, ihre Wünsche, hat ein genaues Bild von ihnen, blablabla – genauso geht es mir jetzt mit unserem Chat. Langsam bekomme ich ein genaues Bild von dir, und es ist wirklich faszinierend. Und sehr traurig, Liv, die manchmal in Star-Wars-Codes spricht und am Freitagabend im grauen Jogger zu Hause abhängt. Du solltest PAAAAARTY machen!!! Das Leben wartet!

8 Minuten später

Liv Das Leben wartet? Wartet darauf, dass ich mich sinnlos betrinke und dann irgendwelche King-Kong-Phobien entwickle? Nein, danke. Den Teil überlasse ich gerne dir, Anton.

49 Minuten später

Anton Tatsächlich? Die anderen Olivias waren meiner King-Kong-These gegenüber weitaus aufgeschlossener, nur so am Rande erwähnt. Die frische 43-Jährige überlegt, ob sie sich die Haare blond färben und eine Zukunft mit Kong vorstellen kann (okay, sie hatte nicht an SO einen großen Typen gedacht, auch nicht SO behaart, aber man »wird im Alter kompromissbereiter«). Die 19-jährige Suizid-Tante aus Wien findet King Kong viel zu präsent, der stiehlt ihr bloß die Show. Jetzt überlegt sie, welche Sehenswürdigkeiten sich sonst noch als Selbstmordsetting für den Suizid anbieten, und erwägt, sich in eine Broadway-Show zu schmuggeln …

Liv Tatsächlich? Hast du eigentlich gewusst, dass Alkohol akute Veränderungen in den Gehirnzellen herbeiführt? Die sind zwar reversibel – aber die Fähigkeit des Gehirns, sich von den Wirkungen zu erholen, nimmt mit zunehmendem Alkoholkonsum ab.

Anton Machst du jetzt einen auf Nerd?

Liv www.kenn-dein-limit.de

Anton www.kenn-dein-limit-wenn-du-nach-NY-willst.de

Liv Witzig!

Anton Schön, dass es dir aufgefallen ist. Vielleicht solltest du etwas mehr trinken, um lockerer zu werden?

Liv Ich muss nichts trinken, um lockerer zu werden.

Anton Hast du also noch nie Alkohol getrunken? Nicht mal am Sekt deiner Mama genippt?

Liv Natürlich habe ich schon mal welchen getrunken. Aber ich brauche keinen Alkohol, um Spaß zu haben.

Anton Definiere Spaß.

20 Sekunden später

Liv »Spaß ist eine im Deutschen seit dem 16./17. Jahrhundert belegte Substantivbildung aus dem italienischen *spasso* »Zerstreuung, Zeitvertreib, Vergnügen«. Das Wort wurde, angelehnt an das italienische Original, zunächst auch als *Spasso* geschrieben. Heute wird mit *etwas macht Spaß* eine Tätigkeit beschrieben, die gerne gemacht wird, die Freude, wobei diese meist nachhaltiger ist, bereitet.« (Wikipedia)

Anton Also, Spasso-Liv, was machst du, um Spaß zu haben? Tee trinken? Ein gutes Buch bei Kerzenlicht lesen? Origami-Figuren falten? Wolle für deinen neuen Pullover kaufen?

Liv Hey, du liest mich doch tatsächlich wie ein offenes Buch. Ich bin ganz angetan von deiner Auffassungsgabe und Sensibilität.

Anton Respekt, wem Respekt gebührt!

Liv So, ich muss jetzt los. Ein wenig Spaß haben.

Anton Was machst du denn heute noch, Spasso-Liv?

Liv Tschüss, Anton! Ich beende jetzt diesen unendlichen Spaß hier.

Anton Treib's nicht zu wild!

Dienstag, 15:11

Liv Hast du gewusst, dass in der Originalversion von King Kong drei Szenen gestrichen wurden, um Kong freundlicher zu machen, und dass Kong in fast jeder Szene unterschiedlich groß ist? Rajalophobie ist übrigens die Angst vor Affen. Leidest du immer noch daran?

2 Minuten später

Anton Mann, bist du abgekocht. Wie heißt denn die Angst vor Spaß? Vielleicht Livophobie? Was hast du am Sonntagabend noch gemacht? Musste wieder der graue Jogger rausgeholt werden oder trägst du den einfach das ganze WE?

Liv Ich war im Kino, wenn du es so genau wissen willst.

Anton Mit wem?

Liv Mit meinem Vater.

Anton Mit Darth Vader?

Liv Darth Vader ist meine Mutter.

Anton ???

Liv Mein Vater und ich verwenden Codes, wenn wir miteinander schreiben, ist einfach so unser Ding. Mein Paps ist dabei Yoda und meine Mutter Darth Vader – das ist aber eine lange und uninteressante Geschichte.

Anton Ist zumindest mal was anderes. Mein Vater würde das nie mit mir machen. Ich weiß nicht mal, ob der Star Wars überhaupt kennt.

Liv Was machst du gerade?

Anton Wir pokern und ich hole Pringles aus dem Vorratskeller.

Liv Pokern im Real Life? Mit Zigarre und Mafiahüten?

Anton Nein, nur online. Die Jungs haben ihre Laptops dabei und wir sitzen im Kreis und zocken.

Liv Und das ist dein Begriff von Spaß?

Anton Yep, mit reichlich Kohle für den Nervenkitzel. Mist, keine Chips mehr da.

Liv Ist es eigentlich dein Geld, mit dem du spielst?

Anton Ja.

Liv Nicht das deiner Eltern?

Anton Das ist doch egal, ihre Kohle ist auch meine Kohle. Ob ich da ein paar Hundert Euro verliere, das bemerken die gar nicht.

Liv Das nenne ich mal eine ordentliche Einstellung. Solltest du unbedingt in jedem Bewerbungsgespräch erwähnen.

Anton Ist doch nur Geld. Sei doch nicht so materialistisch, Liv.

Liv Sagt jemand, der von seinen Eltern alles in den Hintern geschoben bekommt und der wahrscheinlich noch nie in seinem Leben gearbeitet hat, oder?

Anton WOW. Was geht denn hier wieder ab? Arbeiten kann ich noch früh genug – außerdem, warum sollte ich es nicht genießen, dass meine Eltern flüssig sind? Warum sollte ich auch nur einen Finger krumm machen, wenn ich es nicht tun muss?

Liv Vielleicht aus Stolz?

Anton Stolz, jetzt ehrlich? Du hast wahrscheinlich irgendeinen beschissenen Nebenjob und redest dir ein, dass du es nur tust, weil du es möchtest, weil du Befriedigung darin erfährst, ein wenig auf eigenen Beinen zu stehen. Aber das ist falsch, denn du tust es nicht, weil du es willst, sondern weil du es tun musst.
Ich muss es eben nicht tun.
YEAH! Chips doch noch gefunden!

1 Minute später

Liv Du kennst mich überhaupt nicht. Und so wie du dich gibst, möchte ich dich auch gar nicht kennenlernen, du bist doch nur ein oberflächlicher Typ, mehr nicht.

30 Sekunden später

Anton Dann eben nicht, freies Leben, freie Entscheidung, keiner zwingt dich dazu. NY ganz ohne Kohle verzockt, Liv!

8 Tage später

Anton Sehe gerade Trash-TV. Und da ist so eine blonde Tussi im grauen Jogger, die sitzt in ihrer Wohnsiedlung auf der Couch und stopft sich die Chips rein, als würde es kein Morgen geben. Sag mal, Liv, bist du das? Bist du im Fernsehen?

5 Minuten später

Anton Du kannst es ruhig zugeben.

2 Minuten später

Anton Oder bist du dir jetzt zu gut für mich und sprichst nie wieder mit mir, weil du unter die Z-Promis gegangen bist?

3 Minuten später

Anton Bekomme ich ein Autogramm? #foreverliv

1 Minute später

Anton Ich werde es mir auch einrahmen lassen, versprochen.

4 Minuten später

Anton Ich verstehe. Vielleicht bist du auch gerade beschäftigt und schreibst bereits an deiner Biografie, von den Höhen und Tiefen deines langen Lebens – dann widmest du mir sicher ein paar Seiten. Oder gar ein ganzes Kapitel?

1 Minute später

Anton Hier ein paar Vorschläge für die Kapitelüberschriften: »Der endgeile Typ, mit dem ich New York nie sah« oder »Anton oder die verpasste Gelegenheit« oder »Ich hätte mir in NY zumindest einen neuen Jogger kaufen können« oder vielleicht »Der Sieg der Vorurteile«?

Samstag, 19:49

Anton Gerade läuft eine Doku über Affen. Wusstest du, dass Affen töten, wenn sie unter extremem sozialem Stress stehen? 1970 starben im Affengehege im Zoo Hagenbeck fünf Affen, weil es den Tieren nach der Geburt mehrerer Babys einfach zu voll war. Also solltest du dich nie wieder über die Affenphobie lustig machen, Liv. Es gibt sicher Leute, die diese Rajalophobie haben und sich deswegen nicht in den Zoo trauen. Die vielleicht als Kinder dafür ausgelacht wurden und aus denen nie anständige Erwachsene werden konnten.
Ich weiß, es ist eine ganz traurige Geschichte.
Weinst du schon?

21 Minuten später

Anton Interessant, was Google alles weiß: Die Originalversion von »King Kong und die weiße Frau« hat Peter Jackson dazu inspiriert, Regisseur zu werden. Und die Insel Skull Island, von der King Kong stammt, kam auch schon in Peter Jacksons Braindead vor. Dort entdeckt ein Zoologe Rattenaffen, durch deren Biss du dich in einen Zombie verwandelst. Hast du schon mal Rattenaffen gesehen? Also ich nicht, bis vor 2 Minuten. Auf YouTube kannst du dir nämlich den Trailer ansehen (ich weiß nicht, wie die Angst vor Rattenaffen heißt – du aber bestimmt). Die Dinger sind jedenfalls echt scheußlich. So siehst du doch nicht aus, oder?

49 Minuten später

Anton Ich finde, im nächsten Film der Avengers sollten die Rattenaffen mitspielen. Okay, wahrscheinlich nur einer – von den anderen Superhelden gibt es ja schließlich auch nur einen. Aber so ein Rattenaffe würde die Typen ganz schön aufmischen. Ich meine, stell dir das mal vor: Da ist Iron Man, Captain America, Thor, Black Widow (echt heiß!), Hulk, Hawkeye – und dann eben Rattenaffe. Seine Superkraft ist vielleicht auch nur, dass er sich wie Hulk in dieses hässliche Kombi-Tier verwandeln kann, von dessen bloßem Anblick die Leute schon abkratzen. Vielleicht ist aber auch einfach der Rattenaffenbiss tödlich, so wie bei Braindead? Oder: Wenn er hohem sozialem Stress ausgesetzt ist, dann verwandelt er sich weiter von Rattenaffe zu King Kong, und der entführt den Bösewicht auf das Empire State Building, um ihn irgendwann zu heiraten.

1 Minute später

Anton Wenn du möchtest, kannst du das gerne in deinem Buch verwenden.

41 Minuten später

Anton Was ist deine Superkraft, Liv?

59 Minuten später

Anton Tot stellen gilt nicht als Superkraft, Liv!

Sonntag, 12:49

Anton Die österreichische Suite, in der ich hier sitze, ist echt der Hammer. Ich habe mir jetzt alle Avengers-Filme nacheinander reingezogen, und ich muss dir sagen, ich sehe durchaus Potenzial für Rattenaffe. Was hältst du davon, wenn es kein Rattenaffe, sondern eine Rattenäffin wäre? Immerhin wäre dann der Frauenanteil ausgeglichener. Wollen wir sie Liv nennen? In der amerikanischen Originalfassung könnte sie sich, bevor sie zubeißt, über ihr Opfer beugen und sagen: »My name is Liv, and you won't live any longer.« Genial, oder?

Anton Ich bin auch für T-Shirts und den ganzen anderen Merchandisingkram. »Liv forever« oder einfach nur: liv is a bitch? ;)

11 Minuten später

Anton Wir könnten dich in dem Film auch mit Captain America verkuppeln, und so eine abgefahrene Romeo-und-Julia-Story spinnen. Das Ganze könnte in etwa so ablaufen:
Captain America: »Ohne dich kann ich nicht leben.«
Liv: »Es ist zu spät, Steve.«
Captain America: »Für die Liebe ist es niemals zu spät, Liv.«
Liv: »Aber wie soll das zwischen uns funktionieren? Wenn selbst Hulk und Black Widow aufgegeben haben, wie sollen wir es dann schaffen?«
Captain America: »Weil wir nicht aufgeben werden. Wir gehören zusammen, Liv. Spürst du es denn nicht?«
Liv: »Natürlich spüre ich es, Steve. Mein Herz schlägt wild in meiner Brust, sobald ich dich sehe. Aber denke an die Konsequenzen. Was ist, wenn wir Kinder bekommen und sie sich nach der Geburt totbeißen?« Kurze, nachdenkliche Pause. »Ich bin, was ich bin, Steve.«
Captain America: »Du kannst über dich hinauswachsen, Liv, du kannst dich über dein Schicksal erheben!«
Liv nickt, verwandelt sich in King Kong und entführt Captain America auf das Empire State Building. Dort heiraten sie.
ENDE

2 Minuten später

Anton Gut, an der ein oder anderen Stelle muss noch geschliffen werden, aber im Groben kann man sich's vorstellen, oder? Ich habe die Szene schon vor Augen, Herzschmerz pur.
PS: Habe ich schon erwähnt, dass Livs Uniform ein grauer Jogger mit rotierenden Chipskrümeln ist?

17 Minuten später

Anton Du ziehst das mit deiner Totstell-Superkraft echt durch, oder?

8 Minuten später

Anton Ich überlege die ganze Zeit, was meine Superkraft wäre. Da ich megagut aussehe, wäre meine Superkraft wahrscheinlich, dass sich die ganzen Ladys in mich verknallen. Na, was hältst du davon? #theirresistible

1 Minute später

Anton Aber da die meisten Schurken männlich sind, würde ich mich für eine andere Superkraft entscheiden. Fliegen fände ich ziemlich gut, dann könnte ich rauf ins Weltall und von da oben auf die Erde runterschauen. Unsichtbar wäre auch ein total neues Erlebnis, dann könnte ich problemlos an den Lamborghini von meinem Vater ran. Wie würde dir unsichtbar gefallen, Liv? Bei mir doch aktuell ziemlich gut, oder? HAHA-HAHAHA!

5 Minuten später

Anton Aber wie steht es mit dir? Bist du in deinem grauen Jogger unsichtbar oder dennoch ein echter Hingucker? Es gibt ja Frauen, die können tragen, was sie wollen. Gehörst du dazu?

41 Minuten später

Anton Wahrscheinich hättest du am liebsten irgendeine Star-Wars-Fähigkeit. Die Jedi-Gedankenmanipulation, das würde zu dir passen, was meinst du, Liv? Bist du vielleicht gerade in dem Moment wie Professor X aus X-Men in meinem Kopf und zwingst mich dazu, dir immer weiter zu schreiben? Von wo aus manipulierst du mich? Von der Couch aus, oder ist aus deinem Campingausflug doch noch etwas geworden? (Ja, ich habe aufgepasst und bin eines Jedi würdig.) Cruist du jetzt mit Yoda irgendwo in Dänemark oder sonst wo herum? Oder ist Darth Vader dazwischengekommen?

Montag, 11:01

Anton Glaubst du eigentlich an Zufälle, Liv? Das Tiroler Hotel, in dem ich gerade festsitze, heißt nämlich Mohr Life, gut, es schreibt sich anders, aber vielleicht ist der Name doch eine Botschaft an mich? Oder an dich? Solltest du mehr leben? Soll ich dir mit geistreichen Worten dabei helfen und mit dir wertvolle Gespräche führen? (Also, ich finde, die letzten Tage hatten wir echt die besten Gespräche. Da scheint eine Art Connection zwischen uns zu sein, fühlst du es auch?)

11 Minuten später

Anton Und da dir unsere Gespräche helfen: Während du, Luke, irgendwo in einem Wohnzimmer oder einem alten Camper dahinvegetierst, sitze ich hier in einer megacoolen Suite fest und genieße den Skiurlaub von hier aus, etwas aus der Ferne. Was ist passiert, wirst du dich fragen, und okaaay, ich erzähle es dir. (Aber nur weil du so nett fragst.)

Schon am ersten Tag bin ich mit meinem Freund zusammengecrasht, es war nur ein kleines harmloses Wettrennen, wer zuerst über die Schanzen springt, und irgendwie sind wir dann beide zusammen – aber als Erste (!) – gesprungen. Ergebnis: verstauchter Fuß für mich und gebrochene Hüfte für Piet (jetzt passt sein Spitzname noch besser – aber wenn du den wissen willst, musst du mich fragen!). Insofern bin ich noch gut davongekommen. Aber meine Eltern wollen natürlich noch Ski fahren und unseren Urlaub genießen, und weil es mir gut geht und ich in dem Hotel alles habe, was mein Herz begehrt, sitze ich jetzt hier fest.

Ja, richtig gehört, Liv! Ich sitze hier in der endgeilen Suite mit Blick auf die Zugspitze fest, während ich eigentlich mit meinem Board über die Pisten brettern müsste. Voll fies, du hast es erkannt. (Und da du die Empathische von uns beiden bist/sein willst, gehe ich jetzt davon aus, dass du nicht den Hauch, nicht einmal ein klitzekleines Stückchen Schadenfreude empfindest!)

Da du dich ja mit Zuhausebleiben und Rumsitzen auskennst, während die anderen alle Spaß haben

(meine anderen Freunde cruisen irgendwo in der Weltgeschichte herum und besteigen Berge ohne Handyempfang, echt abgefahren), da du hier quasi Sitzexpertin bist, lass mich mal wissen, was man so gegen Langeweile tun kann.
Ich L A N G W E I L E mich nämlich. Und das, obwohl ich Zimmerservice, eine Sauna in der Suite und eine Badewanne im Wohnzimmer habe.
Ich langweile mich total! Was soll ich bloß tun, Liv?

21 Minuten später

Anton Deine neue Empathie gefällt mir. Die ist nicht so aufdringlich, mehr die Kategorie zurückhaltend.

5 Minuten später

Anton Jetzt ehrlich? Du meinst, dass ich mich nur langweile, weil ich in eine Situation katapultiert wurde, die ich nicht selbst bestimmen kann? Weil ich einmal nicht dabei sein kann, wenn die anderen Spasso treiben, weil ich hier blöd festsitze und nicht im Mittelpunkt stehe, weil ich einmal nur Zuseher und nicht Mitspieler bin?

3 Minuten später

Anton Was ist so schlimm daran, Mitspieler zu sein? Bist du denn gerne Zuschauer, Liv? Hast du es nicht satt, am Spielrand zu stehen und das Leben vorbeiziehen zu lassen? Solltest du dich nicht sofort auf die Gelegenheit stürzen, nach New York zu fliegen? Aber nein, du

ziehst dich zurück und verkriechst dich hinter deinen Vorurteilen. Ja, meine Eltern können sich viel leisten und deine anscheinend nicht. Das Leben ist ungerecht. Aber jetzt hast du die Chance, also nutze sie. Ich bin ja bereit, zu teilen.
#dergeilstetripdeineslebens

Dienstag, 18:03

Anton Hast du gewusst, dass es rund 80 verschiedene Schneeflockentypen gibt? Da gibt es platte, sternenförmige, säulenförmige, nudelförmige etc. – und die Wissenschaftler streiten noch darum, ob es überhaupt zwei exakt identische Schneeflocken gibt. Von meiner Suite aus sehen die Flocken alle gleich aus, wenn sie auf der hölzernen Terrasse hängen bleiben – und ich könnte gar keinen Unterschied erkennen. Man müsste schon ein Mikroskop haben, um die Details der Kristalle zu sehen.

2 Minuten später

Anton Weißt du, ich denke, du glaubst, so ein Mikroskop zu sein. Du siehst dir jemanden an mit deinen Mikroskop-Augen und glaubst ihn zu kennen, glaubst zu wissen, was sein Lieblingsessen ist (das war nur Glück beim Raten!), glaubst zu wissen, wie oberflächlich seine Gedanken sind, glaubst zu wissen, wie wenig Substanz er hat. Schublade auf, Anton rein, und zu! Aber hast du schon mal dran gedacht, dass es nicht nur keine identischen Schneeflocken, sondern auch keine identischen Menschen gibt? Und auch, wenn du vielleicht mal jemanden getroffen hast, der so ähnlich ist wie ich, dem es vielleicht auch etwas besser geht (wobei besser relativ ist, einige meiner Freunde bekommen zu ihrem Achtzehnten einen Maserati geschenkt, bei mir ist es nur ein Porsche … du kannst gar nicht verstehen, wie sehr ich leide) und der sein Leben genießt, heißt das noch lange nicht, dass ich genauso bin wie der.

Anton Mann, das war jetzt vielleicht doch etwas zu tiefsinnig. Ich hätte nicht alle Schnapspralinen auf einmal essen sollen (drei Packungen!), die vertragen sich nämlich zu gut mit den Schmerztabletten.

1 Minute später

Anton Okay, streich den Teil mit den Schneeflocken und dem Nicht-identisch-Sein. Wichtig ist, dass ich zum Achtzehnten einen Porsche bekomme!

17 Minuten später

Anton Hey, du bist ja die ganze Zeit offline. Machst du das mit Absicht? Und: Mir ist gerade aufgefallen, dass ich immer noch keinen Fragebogen von dir erhalten habe. Auch Absicht? Wohl nein, denn ich spüre, dass du noch immer mit mir New York unsicher machen willst, in der Nacht über den leuchtenden Times Square marschieren, vom Empire State Building spucken und Stunden im Guggenheim verbringen und irgendetwas anstarren willst, das wir beide nicht wirklich verstehen (du wirst aber so tun, als könntest

du direkt auf die Gefühle des Künstlers blicken).
Ich habe doch recht, Liv, oder?
Also, gib dir einen Ruck. So schwer ist es gar nicht.
Ich geh mit gutem Beispiel voran:

Frage 1: Wenn dir eine Fee einen Wunsch erfüllen könnte, welchen würdest du ihr nennen?
Nichts, mein Leben ist perfekt.
Korrektur aus aktuellem Anlass: Sie könnte mich unverletzbar machen.

Frage 2: Wie denkst du über Emanzipation? Bist du bereit, dein Gepäck selbst zu tragen?
Emanzipation ist klasse. Ich finde, Frauen sollen ihr Gepäck selbst tragen dürfen. Und gerne auch meines – ich bin da voll aufgeschlossen.

Frage 3: Wann hattest du das erste Mal Sex? Hattest du überhaupt schon Sex?
Natürlich, was ist denn das für eine Frage?!

Frage 4: Rasierst du dich?
Klar!

Frage 5: Wenn du eine Handtasche trägst, wie trägst du sie dann?
Ich trage selten Handtaschen. Die Mädels tragen sie für mich.

Frage 6: Findest du dich hübsch?
Yep, ich bin verdammt gut aussehend.
Beweis: meine Instagram-Bilder.

Frage 7: Isst du gerne? Und wenn ja, wie viel? Isst du mehr Kalorien, als du verbrauchst?
Ich esse gerne, treibe aber viel Sport und habe deswegen einen Mega-Body.

Frage 8: Was trägst du, wenn du schlafen gehst?
Boxershorts.

Frage 9: Wie groß bist du?
1,88 m.

Frage 10: Hast du irgendwelche ansteckenden Krankheiten?
Bis jetzt noch nicht (Perfektion ist ja leider nicht ansteckend).

Mittwoch, 17:07

Anton Ich war noch nie so lange in einer Suite und mittlerweile kenne ich jede auch noch so kleinste Ecke. Und es ist echt schön hier. Liv, was ist, willst du einfach mal herkommen? (Als kleiner Vorbereitungstrip zu NY.) Platz ist genug und wir könnten uns in Ruhe kennenlernen, ganz ohne Zeugen Jehovas. Außerdem könntest du mal etwas Luxus mit mir genießen, du darfst auch im grauen Jogger kommen!
Draußen schneit es, und das Essen hier ist der Hammer, du wirst begeistert sein. Ich liebe die österreichische Küche, warst du schon mal hier? Fast jeden Tag (okay, nicht fast) esse ich ein Wiener Schnitzel, die Panade ist der Wahnsinn! Aber wahrscheinlich gehörst du zu den Mädchen, die einen auf vegan

machen, damit die Tiere nicht leiden. Recht hast du. Dann bleibt mehr Schnitzel für mich und deine Chips sind ja sowieso vegan.
Also komm, verlass dein tristes Zuhause und schwelge mit mir im Luxus, du knabberst an deinen Chips-Möhrchen, während ich mir ein Schnitzel nach dem anderen reinziehe. Und als Nachspeise Sachertorte und Apfelstrudel, Mann ist der hier gut. Und der ist auch vegan, na, was sagst du?

41 Minuten später

Anton Hey, nicht so viele Worte auf einmal! Ich verstehe ja gar nichts, wenn es so aus dir heraussprudelt.

10 Minuten später

Anton Ich stelle jetzt einfach mal eine gewagte These auf: Du bist immer noch eingeschnappt, weil ich die Kohle meiner Eltern verzocke. Um genauer zu sein: Ich verzocke die Kohle meines Vaters. Der ist – wie du sicher nicht vergessen hast – Herzchirurg und scheffelt das Zeug ohne Ende. Auf seinem Gebiet ist er echt klasse, und die Leute reisen aus den verschiedenen Ländern an, nur um von ihm operiert zu werden. Tja, der Apfel fällt nicht weit vom Stamm – wenn du jetzt von mir untersucht werden willst, gib einfach Bescheid.
Aber jetzt willst du sicher wissen, was meine Mutter so macht. Die hat ihren Job bei der Airline aufgegeben, als sie mit mir schwanger war, und jetzt gibt sie ihre eigene Schmucklinie heraus, die auch ganz gut

läuft. Für mich ist das Zeug zwar uninteressant, aber du, Liv, bekommst jetzt sicher glänzende Augen, oder? Oder etwa nicht? Du bist nicht der Typ, der sich von solchen Oberflächlichkeiten beeindrucken lässt, hältst du jetzt sicher dagegen (schöne Dinge als Oberflächlichkeit abzutun, ist wahrscheinlich ein notwendiger Mechanismus, der eintritt, wenn man die Oberflächlichkeiten selbst nicht besitzt).
Aber wie ist es mit deinen Eltern? Wie sind Yoda und Darth Vader so? Stehen sie wirklich auf entgegengesetzten Seiten der Macht?

Donnerstag, 8:04

Anton Liebe Liv,
ich hatte noch nie so ein bescheuertes Tagebuch, aber langsam fühlst du dich irgendwie danach an. Auch wenn du es nicht sein willst. Und du musst dir eingestehen, dass ich mit meinen Einträgen aus der Oberflächlichkeit heraustrete und Details über mich preisgebe, die dich mich näher kennenlernen lassen. Gib es zu, ich bin einfach der offenere und tolerantere Mensch von uns beiden. Ich lasse mich hier auf etwas komplett Neues ein, während du vor dich hingammelst und so tust, als wärst du nicht anwesend. HA! Das glaubt dir doch keiner, du liest mit, wahrscheinlich freust du dich über jedes meiner Worte, und weißt du was, das gönne ich dir. Wenn dein Leben wirklich so trist ist, wie es den Anschein hat, werde ich dir etwas Glanz aus meinem schenken. Ein bisschen Perfektion hat noch niemandem geschadet, Liv.
Und weil es so interessant ist, willst du sicher wissen,

was ich den ganzen Tag so mache. Ich sitze hier rum, in meiner grandiosen Suite, sehe fern, zocke ein bisschen (aber nur ein bisschen, aus Rücksicht auf dich), surfe im Netz und schreibe lustige Kommentare zu den Snowboardbildern meiner Clique, die sichtlich Spasso hat. Abends kommen sie dann vorbei, ich sehe kurz meine Eltern, und dann hängen meine Leute hier ab, meistens (die Jungs, meine Eltern ziehen sich zum Glück zurück). Aber ich bin schließlich kein Spielverderber, ich sage: Leute, geht los, macht die Gegend unsicher, ich komme gut allein zurecht. Und dann gehen sie los, und ich schreibe wieder witzige Kommentare unter ihre Komasaufbilder, aber die Typen sind echt nicht kleinzukriegen. Stehen am nächsten Tag wieder auf der Piste, während ich hier gut allein zurechtkomme.

Aber weißt du, was mir auffällt? Während ich hier so allein rumsitze, produziert mein Kopf jede Menge unnützen Gedankenmüll. Das kennst du doch, oder? Plötzlich denke ich über die Verwundbarkeit meiner Perfektion nach. Wie abgedreht ist das denn? Dabei habe ich mir doch nur den Knöchel verstaucht, Piet hat's ja schlimmer erwischt (du kennst seinen Spitznamen noch immer nicht, das muss dich doch nerven, oder?). Eine gebrochene Hüfte ist aber echt kein Spasso, und ab und zu schreibe ich mit Piet auch hin und her. Und nein, Liv, ich hab kein schlechtes Gewissen, dass ich mir nur den Fuß verstaucht und er sich die Hüfte gebrochen hat. So ist das Leben eben.

49 Minuten später

Anton Liebe Liv, ich komme mir schon vor wie Captain Kirk, der in sein Logbuch diktiert, während er die Weiten des Weltraums erforscht.

Computerlogbuch Nummer 1 der Enterperfektion, Sternzeit 2512,2, Captain Anton:

Wir befinden uns aktuell in unbekannten Sphären, das Schiff ist gut in Schuss, bis auf eine kleine Instabilität, die den Einsatz des Warp-Antriebs negativ beeinflusst. Pille (der Hausarzt, den mir meine Eltern alle zwei Tage vorbeischicken, sieht nicht wirklich aus wie Pille, eher wie Einstein, er hat einen verdammt dicken Bauch und immer etwas zum Essen dabei, meistens irgendein »Semmerl«, und er sagt Dinge wie: »Bis du wieda in d'Schul musst, geht sich des scho aus.« – Mann, da bräuchte ich manchmal schon den Universaltranslator der Enterprise), also Dr. Einstein hat mir Bettruhe verschrieben, und ich komme dem nach und erforsche nicht mehr den Weltraum, sondern meine Suite. Es gibt nicht nur eine Kaffeemaschine, sondern auch einen Wasserspender, eine riesige, mit Mosaiksteinen besetzte Dusche, eine Badewanne im Wohnzimmer (grandiose Aussicht durch die Fensterfront) – und eine Sauna, hatte ich die Sauna schon erwähnt? Ich bin bereit, mich auf fremde Zivilisationen einzulassen und diese zu erforschen, doch diese verdammte Suite scheint wie ausgestorben.
Ende Logbuch Captain Anton

1 Tag später

Anton Liebe Liv,

ab und an höre ich deine Stimme in meinem Kopf, was absurd ist, da ich deine Stimme noch nie gehört habe. Wahrscheinlich ist das irgendeine total abgedrehte Art von Projektion, vielleicht sind es auch die Schmerztabletten (Dr. Einstein ist ziemlich freigiebig bei meiner Medikamentendosis, seeeeehr gut!), keine Ahnung, aber immer wieder taucht deine Stimme auf. Vielleicht sollte ich dich einfach mal anrufen, um die Stimmen abzugleichen? Wäre doch eine Idee. Aber warte, würdest du überhaupt rangehen? Wahrscheinlich würdest du dich auch da tot stellen (nur so ein Gefühl von mir). Dann konzentriere ich mich doch lieber auf die Stimme in meinem Kopf, und weißt du, was diese Stimme sagt? Sie sagt: Siehst du, Anton, dein Leben ist doch nicht so perfekt, wie du dachtest. Da hockst du in deiner ach so geilen Suite mit deinem verstauchten Fuß, du humpelst durch die Gegend und kannst dir nur die Fotos deiner Freunde ansehen, aber selbst bist du nicht dabei. Was ist das für ein Gefühl, Anton?

Es ist ein saublödes Gefühl, da hast du recht. Und stell dir vor, ich habe schon wieder (!) nachgedacht über Verwundbarkeit und Vergänglichkeit. Merkst du, wie tiefsinnig ich bin? Irgendwann ist das Leben einfach vorbei. Ein Grund mehr, es zu genießen, oder? Ich glaube, dass der Sinn des Lebens einfach Freude ist, der Sinn ist, eine gute Zeit zu haben.

Und wenn das bedeutet, dass ich die Kohle meines Vaters verzocke, dann ist es für mich eine gute Zeit.

Jetzt kannst du natürlich darüber diskutieren, was denn tatsächlich eine gute Zeit ist, und ob ich die habe, wenn ich die Kohle verzocke. Aber immerhin schade ich dabei niemandem, oder?

Anton Und noch ein tiefsinniger Gedanke, der dich jetzt komplett umhauen wird: Wenn du jemandem sagst, dass er nur noch ein Jahr zu leben hat, ist er doch genauso schockiert, als wenn du ihm sagen würdest, dass er zwei Jahre zu leben hat – obwohl das die doppelte Zeit ist. Wir leben in der Illusion, unsterblich zu sein, und deswegen vergeuden wir wertvolle Zeit, indem wir Dinge tun, die wir eigentlich nicht tun wollen.

15 Minuten später

Liv An einem verstauchten Fuß ist noch niemand gestorben, Anton.

1 Minute später

Anton Liv, Liv, Liv!
Ist mein Tagebuch etwa zum Leben erwacht? Oder hat mir der alte österreichische Arzt doch zu viel reingedrückt und ich halluziniere schon?

Liv Ich bin mir sicher, dass er dir zu viel reingedrückt hat, aber du halluzinierst nicht. Ich hatte jetzt in den Märzferien einfach viel zu tun und hatte auch nicht immer Internet, deswegen habe ich nicht gleich geschrieben. #chipsimgrauenjoggeressen

Anton Nicht gleich? Du hast dich geziert wie eine Jungfrau, liebe Liv! Warst du wirklich offline oder hast du nur so getan und mich heimlich gestalkt?

Liv Typisch, Anton. Ich melde mich und schon schiebst du wieder einen blöden Spruch. Eigentlich schreibe ich dir nur, damit du mich nicht weiter mit deinen Tagebucheinträgen terrorisierst.

Anton Du alte Lügnerin! Es hat dir doch gefallen, von mir zu lesen.

Liv Hat es nicht.

Anton Doppellüge! Die Hölle öffnet gerade ihre Tore für dich und Luzifer reibt sich schon die Hände.

Liv Wenn Luzifer so aussieht wie in der Serie …

Anton Tssssss. Was bist du nur oberflächlich, Liv.

Liv Du färbst anscheinend ab.

Anton Also sag. Welcher meiner faszinierenden Gedankengänge hat dich dazu bewegt, wieder mit mir in Kontakt zu treten?

Liv Ich wollte echt nur, dass du aufhörst.
Außerdem muss ich zugeben …

Anton Jaaaa?

Liv …muss ich zugeben, dass du mit deiner »Genieße das Leben«-Sache nicht vollkommen auf dem Holzweg bist. Denn ich möchte einen kleinen Teil meines Lebens in New York genießen.

Anton Darum geht es dir also! Natürlich. Der New-York-Trip! Meine Gefühle sind dir egal. Was bist du nur für ein berechnendes Luder.

Liv Wie gesagt, du färbst ab. Bist du überhaupt in der Lage, in ein paar Wochen nach New York zu fliegen? Bis Mitte Mai ist es nicht mehr lange.
Wie geht's deinem Fuß?

Anton Keine Ahnung. Durch die Schmerzmittel spüre ich nichts mehr. Aber wie geht es deinen Füßen, Liv? Sind beide auf der Couch eingeschlafen, hast du so deine Ferien verbracht?

Liv Ich war mit meinem Dad mit dem Camper an der Ostsee.

Anton Die ganze Zeit?

Liv Ein paar Tage.

Anton Und wo war Darth Vader und die kleine Prinzessin Leia?

Liv Die waren nicht dabei.

Anton Warum nicht?

Liv Meine Eltern sind nicht mehr zusammen. Und hätte Darth Vader das alleinige Sorgerecht, dann wäre ich vielleicht tatsächlich auf der Couch gelandet (ohne Chips, aber mit Schokolade). Übrigens: Ich trage keinen grauen Jogger, sondern einen rosafarbenen Schlafanzug mit Einhörnern drauf.

Anton Deine Eltern sind getrennt? Geschieden? (Wie kurz ist denn der Schlafanzug? Zeigst du viel Bein? Und – ist es ein dickes oder ein dünnes Bein?)

Liv Meine Eltern waren nie verheiratet. Meine Mutter hat mich recht jung bekommen, und meine Eltern haben es miteinander versucht, aber es hat einfach nicht funktioniert. Kein Wunder, sie stehen eben beide nicht auf der gleichen Seite der Macht. (Mein rosa Schlafanzug verhüllt jeden Zentimeter meines Körpers, er hat sogar eine Kapuze.)

Anton Wieso ist denn deine Mutter Darth Vader? (Hat die Kapuze auch ein Horn? Jetzt wird die Sache langsam rund, du bist doch bei dem PFVEK!)

Liv Sagen wir einfach, dass sie eine dunkle Seite hat. Sind deine Eltern wirklich perfekt? Keine Kanten? Keine einzige?

Anton Meistens sind sie perfekt.

1 Minute später

Anton Okay, nicht immer. Vor ein paar Tagen haben sie sich gezofft, aber das kommt selten vor. Immerhin kennen sie sich schon seit Urzeiten, und sie kennen sich wirklich gut. Was mich zum nächsten wichtigen Punkt bringt: Wo bleibt denn mein Fragebogen, Liv, damit ich dich auch besser kennenlerne?

Liv Ehrlich, Anton? Du bestehst immer noch auf diesen bescheuerten Fragebogen?

Anton Schließlich habe ich ihn ausgefüllt.

Liv Erinnere mich nicht daran.

Anton Was hast du? Immerhin habe ich bewiesen, wie emanzipiert ich bin … Apropos: Wie viel Kilo kannst du stemmen? (Auch wenn es erst im Mai nach NY geht, muss ich mich doch irgendwann entscheiden, ob ich meine 15-kg-Hanteln mitnehmen soll …).

Liv Ich rate ab. Und deine Steinsammlung kannst du auch zu Hause lassen.

Anton Was bist du nur für eine Spielverderberin.

Liv Das ist nur in deinem Interesse – ich würde dein Gepäck sowieso nicht tragen, und ich bin auch keine mutierte Rattenaffen-Superheldin, falls der Blödsinn jetzt kommt.

Anton Ach Liv, das hat dir gefallen, oder? Verkuppelt mit Captain America, da hast du doch sicher weiche Knie bekommen.

Liv Als Rattenaffe, der die Leute zu Tode beißt? Du solltest definitiv nicht in die Filmindustrie gehen, Anton. Tu es der Menschheit einfach nicht an, okay? Mach etwas Einfacheres.

Anton Kommandant der Enterprise wäre auch ziemlich cool.

Liv Klar, deine Logbuch-Einträge sind jetzt schon legendär.

Anton Du sagst es! Was hat dir denn am besten gefallen? Raus damit, Liv!

1 Minute später

Liv Die Zeilen über die Schneeflocken fand ich ziemlich gut, außerdem sind Schneeflocken wunderschön, und ich beneide dich ein wenig, dass du jetzt so viele davon sehen kannst. (Auch wenn der Rest Schwachsinn war.)

Anton Ach ja?

Liv Ja, aber grundsätzlich scheint dir deine Fußverstaucht-Auszeit gar nicht schlecht zu bekommen. Denn: Gedanken sind nichts Böses!

Anton Das ist wohl abhängig davon, was man denkt. Hey, jetzt ist gleich wieder der dicke Dr. Einstein da und sieht sich meinen Fuß an. Mal sehen, ob ich nächste Woche überhaupt in die Schule gehen kann, wir fliegen ja morgen zurück.

Liv Sie könnten dich sonst auch durch die Schulgänge tragen, auf einer römischen Liege, auf der sie dich mit Weintrauben füttern.

Anton Ich würde mich nur von hauchzart bekleideten Schönheiten mit Trauben füttern und durch die Gegend schleppen lassen. Kennst du vielleicht ein paar? Willst du mir ein Foto von ihnen schicken? Bist du vielleicht eine davon?

Liv Ich glaube, Dr. Einstein wird dir gleich offenbaren, dass dein Fuß amputiert werden muss. Tschüss, Perfektion!

Anton Jetzt habe ich so einiges über mich erzählt, Liv, und du bist noch immer so zurückhaltend, was deine Persönlichkeit (und dein Foto) anbelangt. Nennst du das etwa Gleichberechtigung?
Ich nicht! So, Dr. Einstein ist da, ich schalte mal schnell meinen Universaltranslator ein! (»Servus, Anton!«), Pfiati, Liv!

Samstag, 10:10

Liv Hey, lebst du überhaupt noch?

49 Minuten später

Liv Jetzt gibt es natürlich mehrere Möglichkeiten:

Dein Fuß musste amputiert werden und du bist bei der Operation gestorben.
Dr. Einstein hat dich für ein Semmerl gehalten und aufgegessen.
Du hast in dem Mohr-Life-Hotel die Erleuchtung gefunden, bist bekehrt worden und jetzt einer von den Zeugen Jehovas.
Das Hotel hat dich zum Ehrengast des Jahres gewählt und dir ein lebenslanges Aufenthaltsrecht eingeräumt.
Eine haarige Touristin hat dich die ganze Zeit von der Zugspitze aus mit dem Fernglas beobachtet, ist deiner blendenden Schönheit verfallen und hat irgendwann beschlossen, dich zu entführen. Damit du nicht wegrennen kannst, hat sie dir auch noch den zweiten Fuß verstaucht.
Du hast nicht das Flugzeug nach Hamburg erwischt, sondern den Flieger nach Sydney. Jetzt sitzt du gerade in der First Class und überlegst, ob Kängurus so gefährlich sein können wie Affen.

Sonntag, 15:04

Liv Ich hoffe inständig, es ist Nummer 5, kannst du bitte ein Foto von dir und der Touristin posten?

20 Minuten später

Liv Ich vermute ja, dass es sich bei der Touristin um eine echte Rattenäffin handelt. Wirst du jetzt auch ein Zombie wie in Braindead, Anton?

Liv Wie viel Zeit du dann wohl vor dem Spiegel verbringst?! Immerhin kann es ziemlich zeitraubend sein, die hängenden Hautfetzen wieder ins Gesicht zu pappen.
Oje, die Perfektion ist dahin.

Montag, 17:03

Liv Lieber Anton,
da du das Wochenende ja in Gefangenschaft verbracht hast (und deswegen nicht schreiben konntest, es sei dir verziehen), und weil du zusätzlich überzeugt bist, dass du viel mehr von dir preisgibst als ich von mir, werde ich dich jetzt an meinem richtigen Leben teilhaben lassen:
Mein Tag beginnt so kurz nach elf Uhr, dann schlüpfe ich in meinen grauen Jogger – äh, nein, in den muss ich doch gar nicht schlüpfen, den trage ich ja noch! Ich Dummchen! Also, ich rolle aus dem Bett, tapse barfuß und knirschend (der Fußboden war mal Parkett, jetzt ist es ein gelber Chipsteppich, keine Ahnung mehr, wie die echte Farbe aussieht), ich tapse ins Badezimmer, das viel zu eng für meine Körperfülle ist (schließlich schlagen die Chips auf die Figur). Ich blicke kurz in den Spiegel, es ist ein scheuer, ängstlicher Blick, denn dort erwartet mich das Gegenteil

von Perfektion. Ich sehe sofort wieder weg, putze mir auch nicht die Zähne, und da ich allergisch auf Wasser bin (gibt es wirklich, das heißt aquagene Urtikaria), unterlasse ich auch die Sache mit der Dusche. Ist eh sinnlos, weil ich mich sowieso nicht umziehe. Ich leg mich also auf die Couch – Schule wird überbewertet –, und dann ziehe ich mir dort gemeinsam mit meinem Freund Chips (mein einziger Freund übrigens) bildende Fernsehserien auf meinem riesigen Flatscreen rein, der auch WLAN kann. Ab und zu werden die Serien, Talkshows und Reality-TV-Formate von intellektuell anspruchsvollen Filmen abgelöst, in denen eine neue Superheldin (Rattenäffin) einen tollen Dialog mit ihrem Traummann (Captain America) führt, und dieser Dialog ist so anspruchsvoll, dass ich ihn fast nicht verstehe. Irgendwann schlafe ich völlig fertig von dem anstrengenden Tag auf der Couch ein, wache später dort wieder auf und wundere mich darüber, dass ich mich gar nicht bewegt habe. Nicht im Wohnzimmer, und auch nicht im Leben.
So, lieber Anton, habe ich deine Vorstellung von meinem Leben getroffen?
#ichkanndichauchmitblödsinnzuspammen

78 Minuten später

Anton Hey, Liv, sorry, dass ich mich nicht gemeldet habe, aber ich wurde tatsächlich entführt. Von meinen Jungs, und wir haben die verlorenen Partystunden wieder nachgeholt! PAAAARTY!!! Das war der Hammer, du kannst dir gerne die Bilder ansehen, die ich gepostet habe. (Ich bin der, der so breit grinst und einfach das

Leben genießt.) Dein Wochenende scheint aber auch nicht ohne gewesen zu sein! Besonders gefällt mir der Teil mit dem intellektuell besonders anspruchsvollen Film, denn ich habe eine Ahnung, von wem die Idee für diesen grandiosen Film stammt.
(Mach dir keine Sorgen, wenn du den Dialogen noch nicht folgen kannst, da wächst du rein mit der Zeit.)

91 Minuten später

Liv Ja, hoffentlich. Dann kann ich vielleicht auch so fröhlich sein wie du. Sag mal, hast du dir das Grinsen auf den Fotos angetackert oder ist das natürlich gewachsen?
Das sieht ja schon fast pathologisch aus.

1 Minute später

Anton Lachen ist gesund, wusstest du das nicht? Vielleicht solltest du es auch mal probieren. Hast du gewusst, dass Leute, die oft lachen, länger leben? Lachen unterstützt die Immunabwehr, verringert den Adrenalinausstoß und fördert Heilungsprozesse im Körper. Na, wenn sich das nicht gut anhört! Nenn es ein Gefühl, aber ich glaube, dass ich dich überleben werde, Liv!

Liv Woher weißt du denn, dass ich nicht die ganze Zeit dasitze, als hätte ich einen Bleistift quer zwischen den Zähnen?

Anton Hast du einen Bleistift quer zwischen den Zähnen? Schick mir am besten ein Foto!

Liv Okay.

Anton Prima.

40 Sekunden später

Anton Das ist ein Foto von einem Bleistift, Liv.

Liv Was bist du nur für ein kluges Kerlchen.

Anton Wo sind denn die Zähne?

Liv Sind da keine Zähne mit drauf?

Anton Nö.

Liv Vielleicht habe ich keine Zähne. (Vielleicht habe ich sie mir auch alle selbst gezogen – so wie du vorgeschlagen hast.)

Anton Du machst mir Angst, schon wieder diese Livophobie! Eine zahnlose Liv, muss ich dir dann in New York das Essen vorkauen? Oder hast du ein falsches Gebiss, mit dem du rumklapperst und kleine Kinder erschreckst?

Liv Ich erschrecke nur kleine Antons.

5 Minuten später

Liv Hat anscheinend auch so funktioniert.

7 Minuten später

Liv Anton?? Bist du schon weggerannt? Oder wurde dein Handy wieder geklaut (von einer zahnlosen Hexe)?

1 Minute später

Liv Okay, jetzt ist es raus, jetzt hilft es auch nicht, das Ganze zu beschönigen. Ja, du musst mir das Essen vorkauen, Anton (nur die wirklich harten Sachen, ich habe ein Gebiss und auch ein Ersatzgebiss, aber die schaffen die richtig schwierigen Brocken nicht).

3 Minuten später

Anton Sorry, Liv. Ich hatte gerade Piet dran, den Freund, den es an der Hüfte erwischt hat. Sie haben ihn jetzt nach Hamburg verlegt, und ich werde mich gleich auf den Weg machen, um ihn zu besuchen. (Im Krankenhaus finde ich sicher ein paar nette Krankenschwestern, die mir ein paar Tipps zu deiner Pflege geben.) BTW: Ich habe kein Problem mit deinem Gebiss. WOW, was bin ich nur für ein total toleranter Typ, ich kann es immer nur wiederholen!

2 Minuten später

Liv Okay, gute Besserung an deinen Freund!

1 Minute später

Anton Glaubst du, es ist angebracht, statt Blumen ein paar Pornohefte mitzubringen?

Liv Sicher. Pack am besten noch eine Flasche Wodka und ein paar Zigaretten drauf. Die Krankenschwestern und die Ärzte finden das sicher toll, dann könnt ihr gleich im Krankenzimmer eine Party feiern.

Anton Bist ein Schatz, danke für den Tipp!

Mittwoch, 15:52

Liv Na, lebst du noch oder hast du von gestern einen ordentlichen Kater?

Mittwoch, 17:43

Liv So schlimm?

Freitag, 14:01

Liv Lieber Anton,
ich hoffe, dass sie dich nicht gleich im Krankenhaus behalten haben, nachdem du diverse Drogen eingeschleust hast. Gibt es denn dort auch eine psychiatrische Abteilung? Hast du dich verirrt und findest jetzt den Weg nach Hause nicht mehr oder lassen sie ihn dich nicht mehr finden? Hast du denen etwa von deiner Rattenaffengeschichte erzählt (schlechte Idee!) oder einfach nur von dir? (Arzt: »Glasklar, ein schwe-

rer Fall von Oberflächitis, der muss sofort behandelt werden.«) Oder bist du vielleicht unterwegs nur an einem Spiegelkabinett vorbeigekommen und kannst dich von deiner mannigfachen Schönheit nun gar nicht mehr lösen?
Wie auch immmer, ich hoffe, Piet geht es besser. Eine gebrochene Hüfte ist sicherlich kein Spaß …
PS: In einer Zeitung gab es einen Bericht über New York, und mir ist dabei aufgefallen, dass du mir noch gar nicht erzählt hast, was dich an New York so reizt. Ist es die Stadt an sich oder möchtest du gerne irgendetwas Spezielles sehen? Wenn wir gemeinsam nach New York fliegen, sollten wir gemeinsam einen Plan machen, was wir uns alles ansehen wollen. Und wir sollten wissen, was jeder dort sehen will, das ist bislang nur recht einseitig passiert. Wo bleiben also deine A4-Seiten, Anton?

39 Minuten später

Anton Also mach mal halblang, Liv. Ich spendiere immerhin diesen endgeilen Trip, zu dem du VIELLEICHT eingeladen wirst. Endgültig entschieden habe ich mich noch nicht, fühl dich also nur nicht so sicher.
LG aus der psychiatrischen Abteilung

31 Minuten später

Liv Was ist denn mit dir los?!
Das klingt ja extrem angepisst. Welche Laus ist denn über deine alkoholgetränkte Leber gelaufen? (Falls dich das Spiegelkabinett klein und dick dargestellt hat,

lass dir versichert sein, das warst nicht du, das war nur dein Spiegelbild! Oder deine Zukunft?!)

12 Minuten später

Anton Sehr witzig, Liv! Eine Laus über meine alkoholgetränkte Leber? Ich habe grad einfach viel zu tun, die Schule nervt mit den ganzen Projekten, die wir machen müssen, und dann laufen einem hier auch noch Leute über den Weg, auf die man einfach keinen Bock hat. Ich hab einfach nicht immer Zeit zum Schreiben, okay?

1 Minute später

Liv Gut, dann lass es einfach!

2 Minuten später

Anton Gut.

20 Sekunden später

Liv Gut.

5 Sekunden später

Anton Sagte ich doch.

Liv Hey, dann hör jetzt einfach auf zu schreiben. Oder musst du immer das letzte Wort haben?

1 Minute später

Anton Ich kann wohl noch selbst bestimmen, ob ich schreiben will oder nicht.

3 Minuten später

Liv Klar. Aber wenn dir anscheinend keine Laus, sondern irgendein Idiot über den Weg gelaufen ist, auf den du keinen Bock hast, dann musst du deine miese Stimmung nicht an mir auslassen.

30 Sekunden später

Anton Es gibt einfach zu viele Idioten. Überall.

30 Sekunden später

Liv Zum Beispiel?

20 Sekunden später

Anton Die kennst du alle gar nicht.

1 Minute später

Liv Du wolltest doch, dass wir uns näher kennenlernen, also muss ich auch dein idiotisches Umfeld kennenlernen.

1 Minute später

Anton Hey, Liv, jeder hat Idioten in seinem Umfeld, du vielleicht nicht? Das kann dein Nachbar sein, der dich wegen dem Fußball in seinem Garten annervt, die zickige Biolehrerin, die auf ein Referat über die Vererbungslehre besteht, nur weil du einen Spruch über ihre neue Frisur gemacht hat, oder der Gärtner (nein, der Gärtner nicht, der ist wie du jetzt auch schon weißt: perfekt), eben jeder kann dich mal nerven.

Liv Da steckt doch mehr dahinter.

Anton HÄ?

Liv Was ist denn passiert? Wo ist Sonnenschein-Anton, der selbst mit verstauchtem Fuß seinen Humor nicht verliert?

Anton Sonnenschein-Anton macht kurz mal Pause.

Liv Reden soll ja helfen, wenn man nicht so gut drauf ist. Wie sagst du immer so schön: Lass es raus!

Anton Es gibt nichts zu bereden.

Liv Aha, okay. Du machst jetzt einen auf bockig. Man könnte meinen, du seist deiner Ex begegnet.

4 Minuten später

Anton Du spinnst doch.

Liv Keine schlagfertigere Antwort? Noch mal aha. War das etwa ein Treffer?

1 Minute später

Anton Stalkst du mich etwa? Hast du irgendeinen nerdigen Pickelnachbarn namens Kurt, der auf dich steht und dir im Austausch für einen schleimigen Zungenkuss (mind. 3 Minuten) über meine Handynummer meine Wohnadresse besorgt hat? Und jetzt schwänzt du die Schule und stehst jeden Morgen an meiner Hausecke, um mich zu verfolgen? Bist du die Kleine mit der Sonnenbrille und dem schwarzen Schlapphut, Liv?

Liv Erwischt.
Deine Kombinationsgabe ist echt überwältigend, Anton. Überwältigend irre.
Ich stalke dich nicht, auch wenn dich das jetzt enttäuscht. Ich habe tatsächlich ein eigenes Leben! (Auch wenn du dir das nicht wirklich vorstellen kannst – und Kurt spielt keine Rolle darin.)
Ich bin einfach nur einfühlsam und kann zwischen den Zeilen lesen. Deine Ex scheint die Einzige auf der Welt zu sein, die aus irgendeinem Grund ein Reizthema für dich darstellt. Was hat sie dir angetan? Habt ihr euch gemeinsam einen Welpen gekauft und sie hat jetzt das Sorgerecht für ihn? Oder hattet ihr einen obercoolen Pärchen-Namen, den jetzt nur noch

sie benutzt und dir somit alle Follower auf Instagram klaut? So wie Brangelina? Wart ihr Olanton oder Antonoli?
#teamolivia

Anton Was geht denn bitte hier ab?! Willst du später Psychologin werden und missbrauchst mich jetzt als dein erstes Versuchsobjekt? Kannst du vergessen, Liv! Mit meiner Ex hat meine Stimmung nichts, rein gar nichts zu tun!

Liv Doppelte Verneinung? Das muss ja echt schlimm gewesen sein.

1 Minute später

Anton Du nervst. Verabschiede dich von Van Goghs Sternennacht!

20 Sekunden später

Liv Das hast du dir gemerkt?

Anton Was wundert dich jetzt mehr? Dass ich dir zuhöre oder dass ich mir Sachen über ein paar Tage hinaus merken kann? Immerhin hast du die Sternennacht in deinem viel zu kurzen NY-Aufsatz extra erwähnt, also wird sie dir doch wichtig sein.

Liv Ich finde das Bild einfach wunderschön und wollte es schon immer in echt sehen.

Anton Soll ich daraus jetzt auch Rückschlüsse ziehen, Liv? Immerhin willst du dir ein Bild ansehen, das ein Typ gemalt hat, der sich betrunken ein Stück von seinem Ohr abgeschnitten hat.

24 Sekunden später

Anton BTW: Wikipedia sagt, dass Van Gogh in der Zeit in einer Depression steckte, wieder einmal, und er war in einer Nervenanstalt und hat das Bild gemalt, das den Versuch darstellen soll, seine Krankheit zu überwinden – also: was willst du überwinden? Ist die Reise nach NY eine Flucht aus deinem grauen Alltag? Verheimlichst DU hier vielleicht etwas? Na, wie fühlt es sich an, wenn jemand tiefer bohrt?

Liv Zu viel googeln kann auch schädlich sein, Anton. Das sieht man doch schon bei den ganzen Krankheiten, nach denen man googelt. Es pikst was im linken Arm, man googelt, klickt sich durch Foren, und schon hat man einen Schlaganfall, Aids oder das Zikavirus.
Ich finde das Bild einfach schön und irgendwie tröstlich – weißt du, Anton, anstatt mich selbst anzustarren, starre ich eben lieber Bilder an. Solltest du vielleicht auch mal versuchen? Oder starrst du lieber deine Ex an?

Anton Und ZACK, wieder ein Stück von der Sternennacht abgerückt, ich nehme wohl doch die Schlaflos-in-Seattle-Tante mit. Ich kann dir dann ja ein Foto von mir und der Sternennacht schicken, wenn du willst, dann bin ich Van Gogh ganz nah und du bist es nicht – gefällt dir das?

Liv Ich hätte lieber das Foto von dir mit abgeschnittenem Ohr. (Dann wärst du Van Gogh auch ganz nah.)

Anton Ich würde mir nie etwas abschneiden.

Liv Es gibt ja auch Gerüchte, dass nicht Van Gogh selbst das Ohr abgetrennt hat, sondern sein Künstlerfreund Gauguin. Du solltest dir also überlegen, wen du auf die Reise mitnimmst #schlaflosohneohr

Anton Ist das eine Drohung oder eine Warnung?
Warnst du mich etwa vor meiner neuen Reisebegleitung, der Frau Lindmann aus Stuttgart? Ich glaube kaum, dass die mir ein Stück vom Ohr abschneiden würde, aber du, Liv, dir würde ich zutrauen, dass du mir gleich das ganze Ohr abschneidest.

Liv Nein, keine Sorge, Anton. Ich würde einen anderen Körperteil wählen.

Anton AUA! Jetzt bekomme ich wieder Angst vor dir, Liv! (Kastrationsangst, um genau zu sein.)

Liv Sehr gut! Aber falls es dich beruhigt: Ich verspreche, keinen deiner Körperteile zu berühren.

Anton Du versprichst, keinen meiner Körperteile zu berühren … keinen einzigen?

Liv 100 % versprochen.

Anton Und was passiert, wenn das Flugzeug auf dem Weg nach NY abstürzt, wir auf dem Atlantik notlanden müssen, ich sitze schon im Rettungsboot und reiche dir, selbstlos wie ich bin, meine Hand, während du noch orientierungslos auf dem Wasser treibst – würdest du dann meine Hand ausschlagen?

Liv Du bist doch sicher nicht der Einzige im Rettungsboot. Also würde ich die Hand von der Dame rechts neben dir ergreifen.

Anton Die hat keine Hände mehr. Überhaupt keine Arme mehr.

Liv Was? Du sitzt im Rettungsboot neben einer armlosen Frau?

Anton Also, Liv. Nur weil sie keine Arme hat, sollte ich sie deswegen ertrinken lassen?
Was bist du nur herzlos.

Liv Wie groß ist bitteschön die Wahrscheinlichkeit, dass in dem Rettungsboot neben dir eine Frau ohne Arme sitzt?
Aber sei's drum. Dann schnappe ich mir eben die Hand von dem Typen links neben dir.

Anton Das geht nicht.

Liv Warum? Hat der auch keine Arme?

Anton Nein, er hat Arme. Aber er hat schreckliche Angst vor dem Wasser. Und klammert sich deswegen zitternd am Boot fest.

Liv Von mir aus.
Aber das sind ja sicher nicht die einzigen Leute in dem Boot.

Anton Die anderen wurden schon von den Haien gefressen. Komm schon Liv, greif zu, greif nach meinem Körperteil, also nach meiner Hand! #duwirstesauchmögen

Liv Wie blöd! In dem Moment, als ich deine Hand ergreifen wollte, hat dich ein herabstürzendes Wrackteil direkt an der Schläfe erwischt, du wirst bewusstlos und fällst ins Wasser. Die Frau ohne Arme würde dir gerne helfen (kann aber leider nicht), der Mann mit der Wasserphobie könnte dir helfen (will aber leider nicht). Und da ich noch so orientierungslos im Wasser treibe, nutze ich meine letzte Kraft, um mich selbst ins Boot zu ziehen.

Anton Was bist du nur egoistisch, Liv. Ich wollte dir helfen und du lässt mich einfach ertrinken?

Liv So ist das Leben, Anton. Fressen oder gefressen werden. Hast du nicht »Life of Pi – Schiffbruch mit Tiger« gelesen, verzeih: gesehen?

Anton Yep, den habe ich gesehen, jetzt bleibt dir die Spucke weg, oder?

Liv Weißt du denn noch, worum's ging?

Anton Klar, da erzählt doch ein Inder, dass er als Junge Schiffbruch erlitten hat und sich mit einer Hyäne, einem Zebra, einem Affen und einem Tiger auf ein Rettungsboot flüchten konnte. Irgendwann fressen sie sich gegenseitig auf und es überlebt nur der Junge. (In Wahrheit waren das aber keine Tiere, sondern Menschen, die sich gegenseitig umgebracht haben: ein Koch, ein Matrose und die Mutter des Jungen.) Na, jetzt bist du aber platt, oder? Was ich mir alles merken kann!

Liv Puh. Jetzt bin ich aber wirklich beeindruckt. Musstest du das Buch in der Schule lesen und hast dir stattdessen einfach den Film angesehen?

Anton Lass deine Vorurteile mal stecken, Liv. Ich habe den Film freiwillig angesehen.

Liv Und was von der Botschaft ist hängen geblieben? Wolltest du die realistische oder die fantastische Story glauben?

Anton Natürlich die fantastische, weil es einfach die schönere ist. (Da treffen wir uns wieder, Liv, oder? Dir gefällt natürlich die echte, die harte Story besser, in der der Koch die Mutter tötet.)

Liv Mir gefällt die Geschichte mit dem Tiger auch besser, vor allem hat mir aber der tiefere Sinn gefallen.

Anton Welcher tiefere Sinn? Dass man sich vom Koch nicht töten lassen soll?

Liv Witzig. Ich meine natürlich die Anspielung auf Gott. An Gott zu glauben, ist auch schöner, als nicht an Gott zu glauben, auch wenn er vielleicht gar nicht existiert.

1 Minute später

Anton Oh, Mann. Mit den Zeugen Jehovas lag ich also doch nicht so falsch.

3 Sekunden später

Anton Glaubst du denn an Gott? Und ist es reiner Zufall, dass du den Tiger als Profilbild gewählt hast? Wenn du der Tiger bist, bin ich dann der Junge? – Du weißt aber schon, dass nur der Junge überlebt ☺ #endlichmaleinhappyend

Liv Nein, du bist nicht der Junge und ich auch nicht der Tiger, auch wenn du das gerne glauben möchtest.

Anton Liv, ich glaube grundsätzlich nicht viel.
Weder an Gott, noch an den Himmel oder die 72 Jungfrauen, die dort auf mich warten sollen. Ich glaube an die Lebensfreude! Und bevor du meiner Frage noch einmal ausweichst, mir fällt so etwas nämlich auf, weil ich auch einfühlsam und aufmerksam bin – auch wenn du es mir nicht zutraust: Glaubst du also an Gott?

1 Minute später

Liv Ich weiß es nicht.

Anton Was ist denn das für eine Antwort?

Liv Eine gut überlegte.
Ich weiß nicht, ob ich an Gott glauben soll, aber ich würde gern – es ist vergleichbar mit der großen Liebe. An die zu glauben ist wahrscheinlich auch schön. Vielleicht gibt es sie ja wirklich. Es muss ja nicht ein einziger Mensch sein. Vielleicht gibt es einfach mehrere, die dafür taugen. Immerhin gibt es sieben Milliarden Menschen auf der Erde – okay, natürlich triffst du die nicht alle. Und von den wahrscheinlich 1000, die du triffst, passen vielleicht zehn. Aber immerhin zehn. Und von denen musst du nur einen treffen.

Anton Wusste gar nicht, dass du so romantisch bist. Liegt's daran, dass deine Eltern getrennt sind? Noch immer traurig darüber?

Liv Nein, ist besser so. Die haben sich bloß immer gestritten.

Anton Aha. Und haben sie schon jemand Neuen?

Liv Mein Vater ist viel unterwegs und hat mir bisher noch keine neue Freundin vorgestellt. Vielleicht nimmt er aber auch Rücksicht auf meine Mutter, die immer noch auf der Suche nach dem Richtigen ist.

Anton Mein Gärtner ist noch Single.

Liv Danke, ich werde es ihr vorschlagen.

Anton Ich könnte mir das gar nicht vorstellen, dass meine Eltern getrennt wären. Die gehören doch irgendwie zusammen. Einzeln gibt's die gar nicht.

Liv Das kann schneller gehen, als du denkst ... aber wenn sie es bis jetzt mit dir ausgehalten haben, haben sie das Schlimmste wahrscheinlich schon überstanden.

Anton Die bleiben definitiv zusammen, das sage ich dir, die können nicht ohne den anderen. Ich wüsste auch gar nicht, wen von beiden ich retten würde, wenn ich nur noch einen Platz im Boot hätte. (Obwohl das sehr unwahrscheinlich ist. Auf unserem Segelboot ist Platz für alle.)

Liv Du könntest ihnen doch DEINEN Platz anbieten (wenn ihr euch mal in einem Rettungsboot befändet und nicht auf der Yacht).

Anton So sehr mag ich sie nun auch wieder nicht!

Liv War ja klar.

Anton Wen würdest du denn retten? Mama oder Papa?

Liv Meine Schwester.

Anton Und wer würde auf deinen Platz kommen?

Liv Keiner von meinen Eltern. Die würden sich beide so sehr zanken, dass wir wahrscheinlich alle untergehen würden.

Anton Wie alt ist deine Schwester?

Liv Jilly ist sechs.

Anton Cool.

Liv Dass sie sechs ist?

Anton Dass du eine kleine Schwester hast.

Liv Ja, stimmt. Wenn sie nicht wäre, würde ich wahrscheinlich bei meinem Vater leben.

Anton Warum? Warum zieht ihr nicht beide zu eurem Vater?

Liv Weil er nur *mein* Vater ist. Jilly ist nicht von ihm.

Anton Und wo ist dann Jillys Vater?

Liv Keine Ahnung. Irgendwo in der Weltgeschichte, ich glaube in Asien? Ist ein Kollege von meiner Mutter gewesen, war nicht mehr als eine Affäre (also für ihn).

Anton Kennt deine Schwester ihn überhaupt?

Liv Nein.

Anton Das ist ja voll scheiße.

Liv Ja, aber so ist das Leben eben. Und ich bin froh, dass Jilly da ist.

Anton Ist sie so nervig wie du?

Liv Viel nerviger.

Anton Das geht noch?

Liv Nein, Jilly ist super.

Anton Schick mir mal ein Foto von ihr.

Liv Sicher.

Anton Ich glaube, du meinst das nicht ernst.

Liv Mann, du hast eine erschreckende Lernkurve. Ich bin ganz angetan von dir.

Anton Spiel nicht mit meinen Gefühlen! Und ja, meine Lernkurve ist beachtlich (wie so vieles an mir – auch wenn du es nicht berühren möchtest ;)).

Liv Hättest du gerne Geschwister?

Anton Niemals!

Liv Echt jetzt?

Anton Dann müsste ich ja teilen.

Liv Verwöhntes Einzelkind!

Anton Schublade auf, Anton rein, Schublade zu! Gefällt dir, oder?

Liv Es ist schon fast zu einfach.

Anton Okay, ein Bruder wäre vielleicht ganz cool.

Liv Älter oder jünger?

Anton Ich würde beides nehmen (solange sie im Testament nicht berücksichtigt werden).

Liv Vielleicht wirst du im Testament gar nicht berücksichtigt, schon mal daran gedacht? Vielleicht bekommt der perfekte Gärtner alles?

Anton Weil er eine Affäre mit meiner Mutter hat? Oder mit meinem Vater?

Liv Weil er vielleicht ihr wahrer Sohn ist und du nur bei der Geburt vertauscht wurdest?

Anton Mach mal halblang. So perfekt ist er dann doch wieder nicht. (Oder doch? Ich werde zur Sicherheit einen Bluttest machen lassen, früher oder später wird er sich schon mit der Heckenschere schneiden – wenn ich nachhelfe, passiert es eher früher als später!)

Liv Ausgeklügelter Plan! Apropos Plan: Verrätst du mir jetzt endlich, was du dir in NY alles ansehen möchtest? Ich weiß noch gar nicht, was du alles geplant hast.

Anton Keine Ahnung, ich werde mir die ganzen Sehenswürdigkeiten reinziehen, was sonst?

Liv Aber welche?

Anton Na, die großen.

Liv Geht's noch ungenauer? NY strotzt nur so vor Sehenswürdigkeiten … Was wolltest du denn mit deiner Ex ansehen?

Anton Musst du jetzt schon wieder mit der anfangen? Reicht doch, dass ich sie gestern gesehen habe.

Liv Also hast du sie doch gesehen.

Liv Was ist denn so schrecklich an ihr, dass du nicht mal über sie sprechen kannst? Sieht sie aus wie einer deiner Rattenaffen? Hat sie immensen Mundgeruch? Sieht sie sich nur Liebeskomödien an oder schnarcht sie wie ein Holzfäller?

Anton Hey, das ist einfach meine Sache, okay? Wir haben einfach nicht zusammengepasst, sie war eben keine 10 out of 1000 – so ist das einfach. Sie wollte nicht mehr, ich wollte nicht mehr, Ende, Schluss. Außerdem war das doch deine Rede. Manche Leute passen einfach nicht zusammen und sollten auch nicht zusammenbleiben. War einfach nicht die große Liebe.

Liv Aber scheint dich noch immer zu beschäftigen. Immerhin warst du heute echt mies drauf.

Anton Und ich bin gleich wieder mies drauf, wenn wir noch länger über Olivia reden. Nur weil sie geil aussieht, heißt das noch lange nicht, dass es funktionieren muss. Und nur weil ich ihr gestern zufällig über den Weg gelaufen bin, heißt das nicht, dass ich ihretwegen schlecht drauf bin, sie ist Schnee von gestern.

1 Minute später

Liv So wie du reagierst, liegt da aber noch ganz schön viel Schnee von gestern vor deiner Tür. Kommst du überhaupt noch raus? Und willst du nicht doch lieber mit deiner Ex nach NY fliegen? Vielleicht findet ihr dort wieder zusammen? #happyendfüranton

Anton Was ist denn das für eine Schnapsidee?! Sag mal, hörst du dir noch selber zu? Meine Ex ist für mich vergessen, für immer und ewig, ich hab keinen Bock auf sie und ihre Zickereien, die Zeit, die ich mit ihr verbracht habe, war pure Verschwendung meiner kostbaren Lebenszeit, außerdem war sie nur zum Herzeigen gut. Aber was soll die ganze Fragerei überhaupt? Bist du etwa eifersüchtig, Liv? Bist du eine von denen, die immer über die Ex nachdenken und sich den ganzen Tag lang mit ihr vergleichen? Wer ist die Schönere, wer ist dünner? Da hängt die Latte aber verdammt hoch, denn Olivia sieht aus wie ein Engel. Und was ist mit dir, Liv? Kann man dich auch herzeigen?

2 Minuten später

Anton Dein Ernst, jetzt? Du bist eifersüchtig auf meine Ex, die du noch nie gesehen hast? Deswegen gehst du gleich offline?

10 Minuten später

Anton Also, ich kapier das nicht, du bist echt irre drauf, Liv! Ich genieße jetzt mein WE, spiel du ruhig offline!

Montag, 17:09

Anton Gut, ich hab's kapiert. Du bist doch die Mega-Zicke, für die ich dich am Anfang gehalten habe. Und ein Psycho obendrein auch noch. Willst dauernd über meine Ex reden, wie krank ist das denn?

Mittwoch, 15:59

Anton Hast du überhaupt schon mal eine Beziehung gehabt? Ich meine, eine, die sich über das Reden hinausbewegt hat? Oder fühlst du dich nur sicher, wenn du auf Distanz gehst? Klar, dort kannst du von deinem hohen Liv-Thron aus regieren, kannst deine Urteile fällen und mit spitzen Fingern Schubladen öffnen und wieder zuschmeißen.

Freitag, 14:34

Anton Weißt du, wenn deine Eltern sich getrennt haben, dann wundert es mich doch gar nicht, dass du keinen Plan von Beziehungen hast. Woher auch? Wer seine Erfahrung nur aus irgendwelchen bescheuerten Liebesfilmen zieht, hat echt keine Ahnung, wie es sonst im Leben abläuft.

71 Minuten später

Anton Okay, du antwortest immer noch nicht. Botschaft verstanden, Psycho-Liv. Mein Kumpel hat sich übrigens mit deinem Instagram-Account beschäftigt, sieh an, du wohnst ja auch in Hamburg. Aber du gehörst definitiv nicht zu den nächsten 1000 Leuten, die ich kennenlernen werde und möchte.
Ich wünsch dir das verdammt einsame Leben, das dir zusteht!

1 Woche später

Liv Anton, ich weiß, das klingt jetzt wie eine total ausgedachte Geschichte, als würde ich sagen, dass der Hund meine Hausaufgaben gefressen hat, wahrscheinlich noch schlimmer, als ob unser Dinosaurier meine Hausaufgaben gefressen hat, aber ich lüge nicht. Mein Handy hat gestreikt und ging erst nach ein paar Tagen wieder. Und dann war meine Mutter noch krank, und ich musste mich um Jilly kümmern, die gerade an der Schule für eine Theateraufführung probt und sich hier mit ihrer besten Freundin zerstritten hat.

Das will ich nur einmal vorab schreiben, bevor ich mich zu deinen letzten Meldungen äußern werde, die jenseits von Gut und Böse waren.

71 Minuten später

Liv Ich kann verstehen, wenn du mir nicht glaubst, aber wie heißt es in der Bibel so schön: »Wer ohne Sünde ist, der werfe den ersten Stein!«
Wahrscheinlich wirst du gleich den ersten Felsen werfen, denn du bist schließlich perfekt, aber ich darf dich daran erinnern, dass auch dein Handy schon mal geklaut wurde und du nicht schreiben konntest. Solche Dinge passieren.

8 Minuten später

Liv Und auch wenn du mir nicht glaubst, rechtfertigt das nicht, wie du hier abgegangen bist. Deswegen setze ich mich jetzt ganz bequem auf meinen Liv-Thron und will einmal Folgendes klarstellen:

Ich bin nicht eifersüchtig auf deine Ex, auch wenn sie aussieht wie ein Engel. Das ist schön für dich – mir ist das aber egal. Und wenn du mich besser kennen würdest, wenn du dir die Zeit nehmen würdest, zu verstehen, welcher Mensch in mir steckt, dann wüsstest du, dass diese Oberflächlichkeiten für mich keine Bedeutung haben. Deine Ex mag ein Supermodel sein und dir mit ihrem Aussehen noch immer den Kopf verdrehen, aber darauf kommt es doch nicht an.
Meine Eltern haben sich getrennt. Thema durch.

Was nicht heißt, dass ich keinen Plan von Beziehungen habe, vielleicht hatte ich selbst schon die eine oder andere. Vielleicht bin ich auch gerade in einer Beziehung, und vielleicht auch nicht nur vielleicht. (Und vielleicht solltest du *dein* Schubladensystem einmal checken, bevor du das von anderen Leuten kritisierst!) Warum beschäftigt sich dein Kumpel mit meinem Instagram-Account? Abgesehen davon, dass das total illegal ist und wahrscheinlich dazu geführt hat, dass mein Handy gesponnen hat, ist es auch noch gegen unsere Vereinbarung. Wir waren bereit, uns kennenzulernen, ganz ohne uns zu sehen, und jetzt fängst du auf einmal an, mir nachzuspionieren? Wie paradox ist das denn, Anton? Auf der einen Seite willst du nichts mehr von mir wissen, auf der anderen Seite versuchst du mehr über mich zu erfahren und setzt deinen Kumpel (heißt er Kurt, ist nerdig, hat Pickel und ist zufällig dein Nachbar?) auf mich an? Was soll denn das bitteschön?

1 Tag später

Liv Also, Anton – was sagst du dazu?

2 Tage später

Liv Wirklich, Anton? DU stellst dich jetzt tot? Warum schreibst du nicht? Vielleicht weil du dich schämst? Weil du mich in eine Schublade gepackt hast, weil du mich als Ex-besessen abgetan hast und dir jetzt eingestehen musst, dass deine Einschätzung vollkommen daneben war? Oft ist es ja so, dass man

dem anderen vorwirft, woran es bei einem selbst gerade hakt. Und bei dir scheint sich einiges um deine Ex zu drehen, vielleicht solltest du erst einmal dein Ex-Trauma überwinden? Anscheinend hat sie dich wirklich abserviert. Vielleicht tut dir New York auch gar nicht gut und du solltest den Trip lieber sein lassen, zu viele Erwartungen und Erinnerungen.
Was hältst du davon, wenn du mir die Tickets einfach überlässt und ich mich auf die Suche nach einem neuen Anton G. mache? Wie fühlt sich das an?

4 Tage später

Liv Lieber Anton,
nachdem ich seit einigen Tagen nichts von dir gehört habe und du dich anscheinend in Enthaltsamkeit übst (zumindest nachrichtentechnisch, über das andere kann und will ich nichts wissen), gehe ich davon aus, dass du die NY-Tickets lieber behalten möchtest. Gut, es sind deine, du kannst damit tun und lassen, was du willst.
Wir hatten heute in Biologie übrigens ein interessantes Experiment: Uns wurde ein Film mit zwei Teams (eines war schwarz gekleidet, das andere weiß) gezeigt, die sich gegenseitig einen Basketball zuwerfen – wir sollten zählen, wie oft sie das tun. Alle haben brav mitgezählt, aber das war nicht relevant. Relevant war, dass wir alle den Gorilla übersehen haben, der sich immer wieder ins Bild schleicht. Unsere Lehrerin hat uns dann nämlich das Video noch einmal vorgespielt, allerdings diesmal mit einem breiten Lächeln im Gesicht. Selbstverständlich war es kein echter Gorilla,

sondern nur ein Mensch im Gorillakostüm, aber ich war wirklich erstaunt. Wie leicht entgeht uns doch etwas im Leben, wenn wir uns auf andere Dinge fokussieren? (Das Ganze fällt übrigens unter das Thema selektive Wahrnehmung, wie wir gelernt haben.)
Und dabei musste ich an dich denken, Anton. Nicht nur wegen dem Gorilla (das warst doch nicht du auf Promo-Tour für deinen Rattenaffen-Film?), sondern weil du dich so auf eine Sache, nämlich deine Ex, konzentrierst, dass du alles um dich herum vergisst. Ich habe keine Ahnung, was zwischen euch vorgefallen ist, aber was auch immer sie dir anscheinend angetan hat, ICH wollte dich nur kennenlernen und verstehen, was passiert ist und was dich bewegt. Denn immerhin würde diese NY-Reise dafür sorgen, dass (sofern du mich mitnimmst und nicht Frau Lindmann aus Stuttgart) wir uns kennenlernen, also persönlich, dass wir Zeit miteinander verbringen und wirklich tolle Sachen miteinander erleben. Es geht mir nicht um deine Ex, sondern um dich, verstehst du das?

2 Tage später

Liv Lieber Anton,
ich habe heute das Kostüm für meine Schwester genäht, sie spielen in der Schule »Aladin und die Wunderlampe« nach. Meine Schwester ist der Geist aus der Flasche und meine Mutter hatte das irgendwie verpennt, also habe ich mich darum gekümmert und mein erstes Kostüm genäht. Jilly ist total happy, auch wenn es natürlich nicht perfekt ist (ich weiß, du

hättest ihr das perfekte Kostüm gekauft). Aber ich bin ganz schön angetan, was ich mit Nadel und Faden aus einem alten Leintuch alles machen kann. Es war echt schön, meine Schwester strahlen zu sehen, und jetzt hat sie sich auch wieder mit ihrer besten Freundin versöhnt (die spielt die Lampe). Sie hat fast so gestrahlt wie du auf den Fotos, die du die ganze Woche schon postest und die mich wissen lassen, dass du noch lebst und mit deinen Jungs abfeierst. Ansonsten habe ich ein wenig über New York recherchiert. Hast du gewusst, dass man, wenn man alle Bänke des Central Parks aneinanderreiht, eine Strecke von elf Kilometern erhalten würde? Und New York hat auch nicht nur die meistbefahrenste Brücke der Welt, sondern auch das größte U-Bahn-Netz mit fast 500 Stationen. 800 verschiedene Sprachen werden hier gesprochen. Und – das wird dich besonders freuen, denn hier schließt sich der Kreis wieder: Der Bundesstaat New York hat die Kartoffelchips erfunden! Es gibt hierzu die Story, dass ein Gast unzufrieden mit seinen Pommes war und sie deswegen immer zurück in die Küche schicken ließ – weil sie ihm zu dick waren. Daraufhin hat der Koch sie aus Rache so dünn geschnitten, dass der Gast sie nicht mehr aufspießen konnte – und die Kartoffelchips waren geboren. Also kann aus Rache auch mal etwas Gutes hervorgehen – das ist aber höchstwahrscheinlich nicht die Erkenntnis aus dieser Geschichte.
Oje. Jilly hat zu viel Geist gespielt und ihr Kostüm ist eingerissen – sie steht gerade mit kugelrunden Augen vor mir, so wie der Kater aus Shrek, ich muss also los.

1 Tag später

Liv Lieber Anton,
anscheinend ist ja hier nicht nur Jilly der Geist, und falls du dir Sorgen gemacht hast, das Kostüm ist wieder gerettet. Dafür höre ich Jilly jetzt ständig die Musik aus Aladin singen – und auch wenn sie eine gute Stimme hat, jedes Lied verliert seinen Reiz, wenn man es zum 3000sten Mal hört.
Ich habe inzwischen eine Menge über New York gelesen, aber während ich vorhin einen Apfel gegessen habe, fiel mir auf, dass ich gar nicht weiß, warum die Stadt eigentlich The Big Apple heißt.

40 Minuten später

Liv Es gibt hierzu verschiedene Theorien:
Der Sportjournalist John J. Fitz Gerald schrieb über die New Yorker Pferdeszene und schnappte dabei den Begriff von afroamerikanischen Stallknechten in New Orleans auf, die erklärten, dass bei einem Sieg auf der Rennbahn die Jockeys das »Big Money« bekommen und die Pferde den »Big Apple«. (Jeder 21. New Yorker ist übrigens Millionär.)
In der Jazzszene wurde der Ausdruck »Big Apple« zum Synonym für New York, denn wer hier spielte, konnte den großen Apfel vom Baum holen und so richtig groß rauskommen. (Magst du eigentlich Jazz?)
Die Erklärung, die dir wahrscheinlich am besten gefällt: Der Pianist W. Hendriksen soll in einer Ballade die Brüste der New Yorkerinnen als »Big Apples« bezeichnet haben.

1 Minute später

Liv Da entstehen doch jetzt sicher schöne Bilder in deinem Kopf, ich will es gar nicht wissen.

1 Tag später

Liv Inspiriert von deiner King-Kong-Session habe ich überlegt, mir sämtliche Filme, die in New York spielen, anzusehen.

5 Minuten später

Liv Okay, der Gedanke war gut. Aber es sind eindeutig zu viele. Hätte ich mir auch denken können. Die Filmemacher sind wohl genauso fasziniert von der Stadt wie ich, denn sie ist wahnsinnig beliebt als Drehort. Wenn ich nur an die Filme denke, die mir spontan einfallen – die meisten spielen dort: Der Pate, Das Geheimnis meines Erfolgs, The Avengers, Taxi Driver, Black Swan, Rosemaries Baby, Die zwölf Geschworenen, Léon – der Profi, 2 Broke Grils, Castle, The Wolf of Wallstreet, Citzen Kane, How I Met Your Mother, Catch Me If You Can, Das Bourne Ultimatum, Stirb langsam – jetzt erst recht, Inside Man, Harry und Sally, Frühstück bei Tiffany, Das fünfte Element, Gossip Girl … das ist nur ein Bruchteil der Filme! (Du solltest deine Rattenaffenstory auch in NY spielen lassen, scheint schon mal ein guter Start zu sein – aber wie gesagt, an dem Plot und der Grundidee würde ich noch stark arbeiten.)

21 Minuten später

Anton Du hast Men in Black vergessen.

10 Minuten später

Liv Anton, bist du es? Oder ist es doch nur dein Geist?

5 Minuten später

Anton Die Sache mit deinem Handy kaufe ich dir nicht wirklich ab.

2 Minuten später

Liv Bist du deswegen etwa sauer?

5 Minuten später

Anton Ist mir egal.

2 Minuten später

Liv Hört sich aber nicht danach an. Du hast tagelang nicht mit mir gesprochen, Anton, obwohl du auf WhatsApp immer wieder online warst und auf Instagram gepostet hast.

Anton Also stalkst du mich doch.
Ich hatte einfach ein paar Dinge zu erledigen, chill mal ein bisschen, Liv.

Liv DAS kaufe ich dir nicht ab.

Anton Dass du eine Runde chillen sollst?

Liv Dass du nur ein paar Dinge zu erledigen hattest. Du bist wegen deiner Ex vollkommen ausgetickt, Anton – und als ich dir dann nicht geantwortet habe, hast du dich regelrecht hineingesteigert. Mit Ablehnung scheinst du wohl nicht so gut klarzukommen.

30 Sekunden später

Anton Das erklär doch mal, Dr. Liv.

Liv Deine Ex hat dich verlassen, ich habe dir nicht gleich geantwortet – schon bist du plötzlich nicht mehr der Strahlemann-Anton, der einem auf den Fotos entgegenlächelt.

Anton Echt jetzt? Ich soll nicht mit Ablehnung umgehen können?

Liv Klar, schließlich ist dein Leben perfekt, und du musst mit Ablehnung ja auch gar nicht umgehen können, Ablehnung ist wahrscheinlich ein Fremdwort für dich.

Anton Wer hat mich denn jetzt mit seinen Nachrichten über New York tagelang bombardiert, du oder ich? Dr. Liv, vielleicht sollest du mal in den Spiegel schauen, vielleicht überträgst du hier dein Thema auf mich – nur weil ich dir nicht geantwortet habe, hast du mir ständig geschrieben – wer kann hier also nicht mit Ablehnung umgehen?

Liv Dass du mir nicht geschrieben hast, verstehe ich nicht als Ablehnung. Das ist so, wie wenn sich Jilly in ihr Zimmer verkriecht, weil sie keinen Nachtisch mehr bekommt. Nicht mehr und auch nicht weniger. Außerdem fand ich deine Tagebuch-Idee, die du während der Fuß-Auszeit entwickelt hast, gar nicht so schlecht, und ich habe mich gerne weiter mit New York beschäftigt.

Anton Das heißt, du hast mich lediglich als Tagebuch missbraucht?

Liv Du sagst es.

Anton Und du wolltest mir mit deinen Nachrichten nicht Lust auf New York machen?

Liv Ich muss dir doch nicht Lust auf New York machen, Anton – oder doch? Immerhin hast du den Flug und die Reise gebucht, bevor du mich kanntest – also musst du doch schon Lust darauf gehabt haben. Und wahrscheinlich willst du auch mehr sehen als nur die großen Sehenswürdigkeiten.

1 Minute später

Anton Denkst du etwa, dass ich dir etwas verheimliche?

Liv Vielleicht. Nicht unwahrscheinlich. Schließlich verheimlicht doch jeder irgendetwas.

Anton Und was verheimlichst du, Liv?

11 Minuten später

Anton Liv?

5 Minuten später

Anton Dieses Spiel wird langsam langweilig! Funktioniert dein Handy schon wieder nicht, Liv? Was mich zu der Frage bringt, warum es nicht funktioniert … Ist das etwa dein Geheimnis? Treibst du irgendwelche seltsamen Dinge mit deinen Apps, anständige Liv? Willst du mir vielleicht ein Foto davon schicken?

21 Minuten später

Liv Tut mir leid. Ich musste kurz … ich muss gleich auch wieder weg.

Anton Was musstest du? Aufs Klo? Wieder deiner Mutter helfen? Dich um Jilly kümmern? Sag mal, dreht sich alles in deinem Leben nur um andere Leute? Oder gibt es die Vielleicht-Beziehung, die du vielleicht angedeutet hast, doch? Oder hast du sie nur erfunden, um dich zu rechtfertigen, Liv – ist es schon so weit mit dir gekommen? Du hast doch keinen Freund, Liv.

5 Sekunden später

Liv Doch, den habe ich. Und ich habe vergessen, dass wir heute noch ins Kino wollten. Also, ich muss jetzt weg. (Und das ist keine Ablehnung, Anton – nur zur Sicherheit.) Tschüss!

Anton WOHA. Du hast einen Freund, Liv? Einen echten oder einen aufblasbaren?

Anton Imaginäre Freunde gelten nicht, Liv! Und dein Cousin kann auch nicht dein Freund sein.

1 Tag später

Anton Liv, ich kann noch immer nicht glauben, dass du tatsächlich einen Freund hast. Ist das etwa dein Geheimnis?

11 Minuten später

Liv Warum kannst du das nicht glauben? Weil du mich als chipsfressende Jogger-Couchsitzerin abgespeichert hast?

Anton Du hast ihn nie erwähnt.

Liv Ich weiß ja schließlich auch nicht, ob du eine Freundin hast. Und es ist schließlich auch egal.

Anton Willst du es denn wissen?

Liv Nein, wie gesagt – es ist mir egal.

Anton Und dein Freund hat kein Problem damit, wenn du mit mir nach New York fliegst?

1 Minute später

Liv Gut, besonders glücklich ist er nicht darüber. Aber er vertraut mir.

Anton Ist er der eine von zehn?

Liv Ich weiß es noch nicht.

Anton Wie lange seid ihr schon zusammen?

Liv Was wird das denn jetzt? Spielen wir jetzt Frag-Liv-aus?

Anton Hey, das kannst du mir nicht verübeln. Endlich gibt es etwas Spannendes in deinem Leben!

Liv Also – nur weil du dir ein Bild von mir gemacht hast, heißt es noch lange nicht, dass es zur Realität wird.

Anton Also bist du doch eine ganz andere Liv? Vielleicht solltest du mir ein Foto schicken, damit ich das Bild in meinem Kopf an die Realität anpassen kann?

Liv *GÄHN*

Anton Also, wie lange seid ihr zusammen?

Liv Seit ein paar Wochen.

Anton Kanntest du ihn schon vor mir?

Liv Bist du etwa eifersüchtig?

Anton Natürlich nicht, was soll der Scheiß?

Liv Dann ist ja gut.

Anton Also, wie lange kennst du ihn schon?

Liv Ein paar Wochen, das habe ich doch schon geschrieben.

Anton AHA! Hast du ihn in den Ferien kennengelernt? War er der Grund, warum du so lange offline warst?

Liv Sag mal, wird das jetzt ein Verhör? Würdest du mir gern eine Lampe ins Gesicht halten und mich an den Stuhl fesseln?

Anton Die Fessel brauchen wir nicht, aber die Lampe ist 'ne coole Idee.

Liv Ich hatte dir doch geschrieben, dass ich mit meinem Vater ein paar Tage unterwegs war. Und danach hatte ich noch ein bisschen was zu tun, darum habe ich dir nicht geschrieben.

Anton Und deinen Freund? Hast du ihn in der Zeit gesehen?

Liv Ja, ist das ein Problem?

Anton Nein, es ist nur interessant.

Liv Wieso?

Anton Es zeigt mir deine Prioritäten.

Liv Sagt der Typ, der sich gerade tagelang nicht gerührt hat.

Anton Wie war denn das Kino gestern mit ihm?

Liv Schön.

Anton Was habt ihr euch angesehen?

Liv Den neuen Marvels-Film.

Anton Wollte er ihn sehen oder du?

Liv Wir beide. Jetzt reicht es aber langsam mit dem Verhör, oder?

Anton Ich glaube, das mit euch beiden, das wird nicht lange halten.

Liv Wie kommst du denn da drauf?

Anton Hey, du hast mit mir gechattet und fast die Verabredung mit ihm vergessen. Man muss kein Psychologe sein, um zu verstehen, was dahintersteckt.

Liv Und was steckt da bitteschön dahinter?

Anton Dass die Gespräche mit mir einfach ergiebiger sind.

Liv Das würde dir gefallen.

Anton Tu doch nicht so! Wie sieht dein Typ denn so aus? Klein, dick, wie ein Hobbit?

Liv Wenn du es unbedingt wissen willst: Er ist fast 1,90 m, hat dunkle Haare und spielt Fußball.

Anton Die Fußballer haben doch alle nichts im Kopf. Musstest du ihm den Film gestern erklären? Musstest du mitsprechen?

Liv Nein, aber anscheinend muss ich dir erklären, dass es unhöflich ist, so über ihn zu sprechen, du kennst ihn doch gar nicht.

Anton Aber das wird nichts mit ihm. Ich will dich nur vor der Enttäuschung bewahren.

Liv Woher willst du so genau wissen, ob das was mit uns wird?

Anton Du musst dir doch nur selber zuhören, Liv. Du hast selbst gesagt, dass du nicht weißt, ob er der eine von zehn ist.

Liv Ich kenne ihn ja noch nicht so lange.

Anton Aber das solltest du schon wissen.

Liv Sagt wer? Du, Anton? Ich glaube nicht, dass du in Sachen Beziehung der beste Ratgeber bist. Immerhin hast du deine Ex anscheinend nur aufgrund ihrer optischen Vorzüge ausgesucht. Mein Freund ist kein Pokal, den ich mit mir herumtrage, um mich besser zu fühlen. Ich kenne ihn noch nicht so lange, und ich möchte ihn noch besser kennenlernen, möchte wissen, wie er tickt – und erst dann kann ich sagen, ob er der eine von zehn ist.

Anton Darf er dich denn sehen?

Liv Wie bitte?

Anton Trägst du immer eine Maske, wenn ihr miteinander sprecht? Sitzt ihr im Kino nebeneinander oder muss er sich weit nach vorne setzen und darf sich nie zu dir umdrehen?

Liv Das ist doch etwas ganz anderes.

Anton Kannst du dir sicher sein, dass er sich nicht nur aufgrund deiner optischen Vorzüge für dich interessiert und jetzt in den Gesprächen einfach Interesse heuchelt, um dich zu halten?

Liv Wäre das deine Masche, Anton?

Anton Wäre es eine gute Masche, Liv?

Liv Nein! Ganz und gar nicht.

Anton Hatte ich schon vermutet. Auf alle Fälle solltest du ihn bei der Polizei überprüfen lassen. Ein Freund von mir hat da einen Bekannten …

Liv Ganz bestimmt nicht, Anton. Ich finde ihn super, und ich vertraue ihm, selbst wenn unsere Beziehung noch ganz am Anfang steht. Ich weiß auch nicht, wohin es uns führt, aber momentan fühlt es sich einfach gut mit ihm an.

Anton Hat er denn auch einen Namen?

Liv Damit du ihn überprüfen lassen kannst?

Anton Ich schwöre, ich werde es nicht tun!

Liv Er heißt Titus, zufrieden?

Anton Und ist Titus perfekt?

Liv Das muss er nicht sein.

Anton Also ist er doch entstellt.

Liv Okay, er ist perfekt.

Anton Keine Narben?

Liv Eine über der rechten Augenbraue.

Anton So wie ich?

Liv Nein, seine Narbe ist kleiner.

Anton Dachte ich mir schon, dass bei ihm alles kleiner ist ☺

Liv Ich glaube, du solltest dir bald eine Freundin suchen. Das hier klingt alles ganz schön verzweifelt.

Anton Wer sagt, dass ich keine habe?

Liv Hast du denn eine?

Anton Yep.

Liv Wirklich?

Anton Ja, die Dunkelhaarige, die mit mir auf dem letzten Instagram-Pic vom Freitag abhängt.

20 Sekunden später

Liv Die sieht nett aus.

Anton Nett? Ela sieht Hammer aus.

Liv Schön, dass du glücklich bist.

Anton Wir könnten mal auf ein Viererdate gehen. Jetzt, wo ich weiß, dass du auch in Hamburg wohnst, was meinst du, Liv? Du, der unsichtbare Titus, Ela und ich?

Liv Er ist nicht unsichtbar.

Anton Okay, dann du, Hobbit Titus, Ela und ich?

Liv Ich glaube kaum, dass das eine gute Idee wäre.

Anton Warum nicht?

Liv Bei Titus könntest du Minderwertigkeitskomplexe entwickeln.

Anton Wer? Ich? NIEMALS!

Liv Ich weiß ja, wie du aussiehst, Anton. Und ich weiß wie Titus aussieht… und na ja… muss ich mehr sagen?

Anton SELBSTVERSTÄNDLICH! Und ich kann es nur wiederholen: Es ist verdammt unfair, dass du, liebe Liv, weißt, wie ich aussehe, ich aber keinen Plan von dir habe. Wenn dein angebeteter Titus aber tatsächlich mit mir in einer Liga spielen sollte, dann kannst du nicht so hässlich sein.

Liv Titus ist nicht so oberflächlich wie du, er macht seine Beziehungen nicht vom Aussehen des anderen abhängig. #nichtimmervondiraufandereschließen

Anton Also bist du doch hässlich?

Liv Genau!

Anton Warum glaube ich dir das jetzt auf einmal nicht mehr?

Liv Warum habe ich das Gefühl, dass dein Interesse an mir soeben in die Höhe geschossen ist?

Anton Pure Einbildung!

Liv Sicher?

Anton Ganz sicher!

Liv Dann ist es ja gut. Und vergiss das Viererdate.

Anton Warum? Ich fand die Idee klasse. Wir können auch auf eine Party, wenn du möchtest. Ganz zwanglos.

Liv Ganz zwanglos? Mit unseren neuen Freunden, die wir noch nicht so lange kennen? Was sagt denn Ela dazu, dass wir vielleicht gemeinsam nach New York fliegen?

Anton Sie setzt noch immer auf Frau Lindmann aus Stuttgart. Und sie will mich dazu überreden, »Schlaflos in Seattle« zu gucken.

Liv Wie ist sie so?

Anton Wer? Frau Lindmann?

Liv Ela.

Anton Sie ist sehr nett, sie … ach, schau mal an. Jetzt ruft sie gerade an. Als ob sie es riechen könnte, dass wir über sie sprechen. Ich muss da wohl ran, sonst gibt's Stress ;)

Liv Das will ich auf keinen Fall.

Anton Bis dann!

Liv Tschüss.

Mittwoch, 00:33

Anton Bist du noch wach, Liv?

Liv Anton?

Anton Wer sollte dir denn sonst jetzt noch schreiben? Kennst du noch einen Anton? Oder hast du tatsächlich einen Aufruf gestartet und suchst nach einem neuen Anton – du weißt aber schon, dass ich die Tickets bei mir habe. Wenn du sie willst, musst du sie dir schon holen.

Liv Jetzt?

Anton Wenn du möchtest. Du wohnst sicher nicht weit weg, immerhin sind wir in derselben Stadt.

Liv Weißt du, wie spät es ist? Abgesehen davon, dass du dir vorstellen kannst, dass ich mich nicht einfach so auf den Weg zu dir mache. Was ist denn los?

Anton Was soll denn los sein?

Liv Alles okay mit Ela?

Anton Ja, alles okay.

Liv Und sonst? Alles okay?

Anton Klar, ich wollte nur ein wenig mit meinem Tagebuch reden.

Liv Das klingt sogar irgendwie schön.

10 Sekunden später

Liv Also ein bisschen.

Anton Yes.

Liv Und was willst du deinem Tagebuch schreiben, lieber Tagebuchschreiber?

Anton Ich weiß nicht, ich würde vielleicht von meinem Tag erzählen. In der Schule war es nicht besonders aufregend, aber aufregend ist Schule ja sowieso nicht, außer wenn man sein Smartphone geschickt unter der Tischplatte balancieren kann. Ich habe mir übrigens das Gorilla-Video reingezogen und rate mal – ich habe den Gorilla sofort entdeckt. Liegt wahrscheinlich an meiner unglaublichen Auffassungsgabe, sei also nicht traurig. Und dann war ich mit den Jungs beim Hockey, war mit Ela und den Jungs Pizza essen, zu Hause bin ich recht bald ins Bett gefallen, bin dann doch wieder aufgewacht, hab mir einen Schluck

Wasser aus der Küche geholt und dort irgendwie eine Visitenkarte entdeckt. Und seitdem kann ich nicht einschlafen.
Aber warum bist du überhaupt noch wach?

Liv Jilly hatte einen Albtraum, ich bin zu ihr rüber. Jetzt habe ich Kopfschmerzen und kann nicht schlafen. Also spiele ich Tagebuch.

Anton Wo ist deine Mutter?

Liv Die schläft. Aber was für eine Visitenkarte ist das?

Anton Von einem Dr. Schmitt.

Liv Arzt?

Anton Scheidungsanwalt.

Liv Oh.

Anton Du sagst es.

Liv Das muss noch nichts bedeuten.

Anton Warum sollte meine Mutter sonst die Visitenkarte von einem Scheidungsanwalt rumliegen lassen?

Liv Hast du mitbekommen, dass es zwischen deinen Eltern nicht mehr so gut läuft?

Anton Keine Ahnung. Sie haben in letzter Zeit vielleicht ein paarmal gestritten, aber grundsätzlich versuchen sie, das nicht vor mir zu tun.

Liv Als es bei meinen Eltern schwierig wurde, hat mein Vater immer öfter auf der Couch geschlafen. Mir haben sie eingeredet, dass er schnarcht oder zu lange ferngesehen hat, aber das habe ich damals schon nicht geglaubt.

Anton Warte mal, muss mal kurz was nachsehen.

14 Minuten später

Anton Die Gästezimmer sind leer. Und es sieht auch nicht so aus, als ob jemand die letzten Nächte dort übernachtet hätte.

Liv Sag mal, hast du jetzt 14 Minuten gebraucht, um die Gästezimmer zu überprüfen?

Anton Ich war ganz schön schnell. Immerhin haben wir drei verschiedene.

Liv Ich will gar nicht wissen, wie groß euer Haus ist.

Anton Groß.

Liv Wie dein Ego?

Anton Noch größer.

Liv Also schon mal ein gutes Zeichen, dass dein Vater jetzt bei deiner Mutter schläft.

Anton Na ja, heute Nacht ist er gar nicht da. Er ist auf einem Kongress und kommt erst morgen wieder.

Liv Warum fragst du nicht einfach deine Mutter, wenn du deshalb nicht schlafen kannst?

Anton Nein, wo denkst du hin.

Liv Warum nicht?

Anton Vielleicht kann sie selbst auch nicht schlafen deshalb. Und wer sagt denn, dass sie mir die Wahrheit erzählt? Wie war das sonst noch bei deinen Eltern?

Liv Bevor sie sich trennen wollten?

Anton Yep.

Liv Sie haben nicht mehr so viel miteinander geredet, vor allem haben sie weniger gelacht. Eigentlich haben sie überhaupt nicht mehr miteinander gelacht. Und es gab diese kleinen zärtlichen Gesten nicht mehr, also, mal über die Hand streicheln, am Arm fassen oder gar eine Umarmung.

Anton Das tun meine Eltern sowieso nicht.

Liv Nie?

Anton Nicht vor mir. Und ich bin ihnen sehr dankbar dafür.

Liv Der Kongress, auf dem dein Vater ist, war der länger geplant oder eher spontan?

Anton Der war, glaube ich, geplant.

Liv Hört sich doch gut an.

Anton Glaubst du? Oder sagst du das nur, um mich zu beruhigen?

Liv Ich sage das nur, um dich zu beruhigen.

Anton Liv!

Liv War nur ein Scherz. Du hast doch gesagt, dass deine Mutter Schmuck verkauft? Vielleicht hat dieser Dr. Schmitt einfach Schmuck für seine Frau bestellt, als Überraschung zum Hochzeitstag, und er möchte den Schmuck nicht nach Hause liefern lassen, dort würde seine Frau das Päckchen entgegennehmen – daher soll ihm deine Mutter die Sachen in die Kanzlei schicken.

Anton Das klingt plausibel.

Liv Absolut, die Wahrheit ist sehr oft plausibel.

Anton Danke, Liv.

Liv Gern geschehen.

Anton Wie geht es deinem Kopf?

Liv Schon besser.

Anton Hast du öfter Kopfschmerzen?

Liv Ja, ist aber nicht so schlimm.

Anton Und schläft Jilly jetzt?

Liv Ja, ich glaub schon.

Anton Du kümmerst dich echt nett um sie.

Liv Ich bin nett.

Anton Nicht immer.

Liv Bin ich nett genug, dass du mich nach New York mitnimmst?

Anton Könnte sein.

Liv Gute Nacht, Anton.

Anton Gute Nacht, Liv.

Anton Liv?

Liv Ja?

Anton Danke, dass du keinen Spruch über meine perfekten Eltern gemacht hast.

Liv Der könnte aber noch kommen.

Anton Gute Nacht. Schlaf gut, Liv.

Liv Du auch, Anton.

Donnerstag, 15:21

Anton Noch Kopfschmerzen?

7 Minuten später

Liv Ein wenig.

Anton Warst du schon beim Arzt?

Liv Hast du schon mit deiner Mutter gesprochen?

Anton Nein, aber das hatte ich auch nicht vor.

Liv Ich hatte auch nicht vor, zum Arzt zu gehen.

Anton Warum nicht? Bist du nicht versichert?

Liv Doch, was glaubst du denn? Ich wohne auch nicht im Ghetto, sondern in einer ganz normalen Wohnung, allerdings ohne drei Gästezimmer.

Anton Und warum gehst du dann nicht zum Arzt?

Liv Ich bin doch nur verspannt.

Anton Warum bist du denn so verspannt?

Liv Keine Ahnung, wahrscheinlich habe ich einfach eine schlechte Haltung.

Anton Sag bloß, du siehst aus wie Quasimodo. Hast du einen Buckel und hüpfst, wenn du gehst?

Liv Jetzt muss ich dir zumindest kein Foto mehr schicken.

Anton Menno, ich hätte doch gerne eins. Hast du auch so eine dicke Knollennase?

Liv Ich habe sogar zwei.

Anton Zeig her, Liv, zeig her!

Liv Du bist wieder besser drauf, Anton? Ich weiß gar nicht, ob mir das gefällt.

Anton Natürlich gefällt dir das. Allen gefällt es, wenn ich gut drauf bin, schau mal auf Instagram und meine vielen Herzen.

Liv Und die Sache mit diesem Dr. Schmitt?

Anton Hat mich gestern einfach kalt erwischt. Du hattest recht, es hat nichts zu bedeuten. Und selbst wenn sich meine Eltern scheiden lassen würden, ist es ihre Sache.

(Und dann lass ich sie im Rettungsboot tatsächlich ertrinken, mehr Platz für mich!)

Liv Okay, falls du aber mal wieder darüber sprechen möchtest … bzw. ein Tagebuch brauchst – melde dich einfach.

Anton Klar, ich glaube aber nicht, dass es notwendig ist. Wie geht es Titus?

Liv Gut, wie geht es Ela?

Anton Auch gut. Noch Interesse an einem Viererdate?

Liv Das Viererdate steht auf meiner Wunschliste ganz dicht hinter Weisheitszahn-gezogen-Bekommen.

Anton Ich mag Mädchen, die noch Wünsche haben.

Liv Sehr gut, denn Folgendes steht ganz weit oben auf meiner Wunschliste:
Besuch des Museum of Modern Art
Besuch des Guggenheims
Besuch des American Museum of Natural History

6 Minuten später

Liv Anton, noch da?

1 Minute später

Liv Hat dich meine Liste überfordert?

2 Minuten später

Liv Vielleicht hilft dir das: Im American Museum of Natural History wurde »Nachts im Museum« gedreht, im Guggenheim Museum jagt Will Smith als künftiger Man in Black einem Alien hinterher, und zum Museum of Modern Art fällt mir leider kein Film ein, aber dort hängt Van Goghs Sternennacht – und vielleicht finden wir dort auch ein Stück von seinem Ohr. So, jetzt kannst du meinen Wünschen schon etwas abgewinnen, oder?

1 Minute später

Anton Sorry, Liv. Bei mir hat grad das Handy die ganze Zeit geklingelt. Piet – du weißt schon, der Freund mit der gebrochenen Hüfte – darf heute aus dem Krankenhaus raus und wir schmeißen bei seinen Eltern eine Riesenüberraschungsparty! Willst du auch kommen?

Liv Ich muss heute auf meine Schwester aufpassen, meine Mutter geht aus.

Anton Das hast du doch nur erfunden.

Liv Nein, das stimmt wirklich. Hätte ich es erfunden, hätte ich mir natürlich etwas Kreativeres überlegt, damit du mich nicht für eine Langweilerin hältst.

Anton Zum Beispiel?

Liv Ich hab heute noch ein Date mit einem Alien.

Anton Wusste ich es doch! Titus ist nicht von dieser Welt!

Liv Oder: Ich muss heute noch die Welt retten, zumindest ein Stückchen von ihr – ich steige in mein Rattenaffenkostüm und kümmere mich mit Captain America um einen fiesen Bösewicht, der Hamburg endgültig die ganze Sonne klauen möchte.

Anton Der arme Titus. Gegen Captain America hat er wohl keine Chance.

Liv Na ja … Er hat schon eine gewisse Ähnlichkeit.

Anton Das erfindest du doch nur.

Anton Shit.

Liv Was ist los?

2 Minuten später

Liv Anton?

2 Minuten später

Liv Alles okay?

Anton Ich glaub es nicht!

Liv Was ist los?

Anton FUCK!!!!

Liv Jetzt sag doch!

Anton Henry, ein Kumpel von mir, hat mir gewhatsappt. Er hat Piet heute noch im Krankenhaus besucht. Und er hat ihm beim Sachenpacken geholfen, hat sein Zeug in die Tasche geschmissen … und FUCK, erinnerst du dich an mein Handy, das geklaut wurde?
Das lag bei den Sachen im Krankenhaus!

Liv Piet hat dein Handy geklaut?

Anton So sieht es aus. Total miese Aktion. Das Hinterletzte.

Liv Und du bist dir sicher, dass es dein Handy ist?

Anton Yep.

Liv Wie kannst du dir da so sicher sein?

Anton Ich habe es gravieren lassen.

Liv Du hast dein Handy gravieren lassen?

Anton Mensch, Liv, darum geht es doch jetzt nicht! Ich bin stinkesauer und würde am liebsten sofort ins Krankenhaus fahren, um den Typen fertigzumachen!!

Liv Jetzt mal tief durchatmen, Anton.

Anton Ich will nicht tief durchatmen, ich hab eine Sauwut! Das Handy stehlen, einem Freund. Wer zieht denn so eine Scheiße ab? Ich mach mich jetzt auf den Weg zu der Scheißparty und werde den Scheißkerl vor allen bloßstellen.

Liv Gerade wolltest du noch ins Krankenhaus.

Anton Da ist er nicht mehr, er ist zu Hause. Und da fahr ich jetzt hin. Der kann sich auf was gefasst machen.

Liv Jetzt reg dich mal wieder ab, Anton!

1 Minute später

Liv Anton, vielleicht gibt es eine einfache Erklärung dafür, und du platzt dann rein und ruinierst die ganze Party. Denk lieber noch mal nach!

20 Sekunden später

Liv Anton!

Anton Liv! Ich bin schon unterwegs, der Typ wohnt nicht weit von mir weg, und ich habe gerade unsere Haustür zugeknallt.

Liv Was ist, wenn dieser Henry das Handy geklaut hat und es Piet nur unterschieben will? Was, wenn in dem Krankenhaus eine kleptomanische Krankenschwester in Ausbildung arbeitet, die dir auf einer Party dein Handy geklaut hat und sich dann in Piet verliebt hat und ihm das Handy heute zufällig geschenkt hat? Was, wenn dein Freund so begeistert von dir ist, dass er sich unbedingt genau das gleiche Handy mit der gleichen Gravur zulegen musste? Du siehst, es gibt verdammt viele Erklärungen, und nur weil dein Kopf gerade nur EINE mögliche Erklärung produziert, heißt das nicht, dass die wahr sein muss. Tu jetzt nichts, was du nachher bereuen könntest.

2 Minuten später

Liv Anton, okay, bist du schon dabei, die Party zu sprengen? Zertrümmerst du womöglich schon alles bei ihm zu Hause? Oder bist du zur Besinnung gekommen und machst erst mal einen schönen Spaziergang um den Block, denkst über Gott und die Welt und die Fortsetzung von deiner Rattenaffengeschichte nach? Komm, erzähl mir davon, ich versuche auch so ernst zu bleiben wie möglich.

1 Minuten später

Liv Ich sehe es schon direkt vor mir, was hältst du von einer Hochzeit von Rattenaffen-Liv und Captain America? Sie könnten seine Verwandtschaft und ihre einladen, und während seine gesittet auf den Hochzeitsstühlen sitzt, nagen die Rattenaffen schon die Deko an. Oder besitzt Liv gar keine Familie? Sprich: Captain Americas Seite ist vollgepackt mit Leuten, und Liv hat niemanden, der sie auf ihre Hochzeit begleitet? Das ist ganz schön traurig.
Moment. Captain America hat ja auch keine Familie mehr, die sind doch alle schon tot. Sind dann nur die Avengers anwesend? Habe ich recht?

Anton Schwacher Versuch, Liv. So leicht lass ich mich nicht ablenken. Was hängst du dich da überhaupt so rein? Du kennst Piet doch gar nicht. Außerdem bin ich gleich vor seiner Haustür.

20 Sekunden später

Liv Vielleicht sollten wir uns treffen.

Anton Echt jetzt?

Liv Oder soll ich dir ein Bild von mir schicken?

Anton Du verarschst mich, Liv. Und ich wurde heute schon einmal zu oft verarscht.

Liv Das weißt du doch gar nicht. Gib deinem Freund doch wenigstens die Chance, die Sache zu erklären. Vielleicht ist es nur ein Missverständnis? Außerdem war er gerade erst im Krankenhaus. Er ist sicher ein netter Kerl, sonst wäre er doch nicht dein Freund.

40 Sekunden später

Liv Anton?

Anton Was soll die ganze Besänftigungsmasche, Liv? Freunde machen so was nicht. Niemals. Würdest du denn so was tun?

Liv Dir das Handy klauen?

Anton Yep.

Liv Sofort.

Anton Gut, dann komm her und klau es mir.

Liv Geht heute nicht, ich muss auf Jilly aufpassen. Aber du brauchst anscheinend auch einen Babysitter.

Anton Witzig, Liv. Willst du mich lachen hören? Dann komm schnell her, du wohnst sicher gar nicht so weit weg von mir und kannst dann auch gleich zusehen, wie ich Piet so richtig zur Sau mache.

Liv Ich versteh ja, dass du wütend bist. Aber bevor du ihn gleich vor allen bloßstellst, solltest du dir vielleicht seine Gründe anhören, vielleicht gibt es eine einfache Erklärung oder eben auch einen guten Grund.

Anton Welchen guten Grund? Dass er selbst kein so schönes Handy hat?

Liv Er könnte zum Beispiel einen Artikel über die Gefahr von Telefonstrahlen gelesen haben und wollte dich einfach vor ihnen beschützen? Oder vielleicht hat Steven Spielberg von deiner Rattenaffen-Story Wind bekommen und einen Chip in dein Handy einbauen lassen, um sämtliche Details deiner Idee zu klauen? Und Piet, der bei der CIA arbeitet und ihr jüngstes Mitglied ist, hat das Telefon eigentlich nur beschlagnahmt, um dein geistiges Eigentum zu schützen?

Anton Freunde beklauen sich nicht. Da kannst du noch so viele absurde Möglichkeiten erfinden.

Liv Aber sprich doch zuerst unter vier Augen mit ihm, bevor du ihn vor allen zerreißt. Rede in Ruhe mit ihm. Danach kannst du ihn noch immer bloßstellen. Anton, hör auf dein Tagebuch. HÖR AUF DEIN TAGEBUCH, ANTON, ES TUT DIR GUT!

1 Minute später

Anton Okay, ich stehe jetzt vor seiner Tür. Ich versuche es.

Liv Die Tür mit deinen geistigen Fähigkeiten zu öffnen?

Anton Ich versuche, in Ruhe mit ihm zu reden.

Liv Und du wirst ihn ausreden lassen.

3 Sekunden später

Anton Und ich werde ihn ausreden lassen.

Liv Und ich werde in Zukunft ein besserer Mensch sein und viel netter zu Liv sein, die ich garantiert nach New York mitnehme.

Anton Vergiss es ☺, ich gehe jetzt rein.

Liv Möge die Macht mit dir sein.
Und dein Verstand.

Samstag, 06:03

Anton Bist du schon wach, Liv?

30 Sekunden später

Liv Jetzt schon. Es ist Wochenende, Anton! Bist du schon wieder wach oder noch immer?

Anton Ich hab nur kurz geschlafen.

Liv Also doch gute Party? Oder hast du nur kurz geschlafen, weil du so viel Zeit gebraucht hast, dich abzureagieren? Wie geht's Piet? Ist er noch ganz?

Anton Er sieht übel aus.

Liv Wie übel? Hat er jetzt nach der gebrochenen Hüfte auch noch eine gebrochene Nase?

Anton Nö, er hat einfach zu viel gefeiert.

Liv Also redet ihr noch miteinader? Oder hast du gar nichts zu ihm gesagt?

Anton Nein, war gut gestern. Ich habe mit ihm gesprochen, und er hat mir erklärt, wie er zu meinem Handy gekommen ist.

Liv Und wie?

Anton Er hat es geklaut. Ich hatte recht!

Liv Und warum?

Anton Warum ich recht hatte? Weil ich immer recht habe?

Liv Nein, warum er es geklaut hat!

Anton Weil er Kohle brauchte.

Liv Er wollte es verkaufen?

Anton Genau, nur kam ihm sein Unfall dazwischen. Sein Vater dachte anscheinend, dass es sein Handy ist, und hat es ihm deswegen ins Krankenhaus gebracht. Dumm gelaufen, aber sonst wäre ich nie draufgekommen.

Liv Wofür braucht er das Geld?

Anton Er hat Schulden.

Liv Schulden? Bei wem hat er denn Schulden? Bei einem Mafiaboss?

Anton Nö, er hat beim Online-Zocken zu viel Kohle verbrannt und seine Eltern haben eben nicht so viel Geld und jetzt kam er langsam in Bedrängnis.

Liv Oh. Und was sagst du dazu? Du wirkst recht entspannt. Vor allem im Vergleich zu gestern.

Anton Na ja, weißt du, als ich mit meinem verstauchten Fuß in diesem endgeilen Hotelzimmer festsaß, hatte ich viel Zeit zum Nachdenken. Und wir hatten doch vor meinem Urlaub auch übers Zocken gesprochen, kannst du dich erinnern? Das war, als du zu zicken angefangen hast.

Liv — Ich glaube, du hast Erinnerungslücken. Kann es sein, dass die Medikamente von Dr. Einstein sich negativ auf dein Erinnerungsvermögen auswirken?

Anton — Also, ich weiß noch genau, wie viel Stress du gemacht hast wegen der Kohle, und ich weiß natürlich, dass das daran liegt, dass ihr einfach nicht so viel Kohle habt. Piet hat sich tausendmal entschuldigt und fast zu heulen angefangen. Er hat sich nicht getraut zu sagen, dass er nicht mehr mithalten kann, meinte er. Ehrlich gesagt, war mir nicht klar, wie tief er da drinsteckt. Da habe ich meine Wut selbstverständlich hinuntergeschluckt und, großzügig wie ich bin, vorgeschlagen, die Sache zu vergessen.
#jetztkommeichgarantiertindenhimmel

Anton — BTW: Es war auch eine mordsgeile Party, und ich hatte dann keinen Bock mehr, die zu versauen. Also Liv – bist du jetzt zufrieden? Findest du nicht, dass ich das wieder mal super gemacht habe?

Liv — Warum wünschte ich jetzt, dass er dir auch noch dein neues Handy geklaut hätte?

Anton — Weil du ein gemeiner Mensch bist, Liv. Das gibt ordentlich Minuspunkte auf deiner Karmaliste.

Liv Mein Guthaben ist derart groß, dass ich mir da keine Sorgen machen muss.

Anton Das glaube ich dir sogar.

Liv Wirklich?

Anton Ja.
Es war schon ganz okay, dass ich gestern auf dich gehört habe. Und ich find's gut, dass ich mich mit Piet versöhnt habe. Ich glaub sogar, ich kann ihn ein bisschen verstehen. Eigentlich müsste er sich bei dir bedanken, das war echt okay von dir.

Liv So ein Tagebuch ist anscheinend doch ganz nützlich.

Anton Stimmt, du bist echt ein ganz nützliches Tagebuch, Liv.

Liv Aber eines, das noch mehr Schlaf braucht.

Anton Dann schlaf gut!

Liv Mach ich.

Montag, 18:47

Anton Hey Liv, wie war dein Wochenende? Meins war super und ich hatte gerade eine endgeniale Idee: Was hältst du davon, wenn wir dein Wochenende mal etwas aufpeppen, und ich helfe dir dabei? Wir zwei ziehen von Party zu Party und haben jede Menge Spasso! Na, bist du dabei? (Wir proben schon für New York.)

15 Minuten später

Anton Tagebuch, du kannst mich sicher hören! Komm schon, das wird cool. Nur wir zwei, kein Viererdate, versprochen. Nur Liv und Anton, ganz ohne den Rest, als Freunde – oder was auch immer, denn Freundschaften zwischen Jungs und Chicks gehen ja schließlich nie gut. Komm, Liv, trau dich aus deinem Schneckenhaus heraus!

1 Minute später

Anton Mir ist auch egal, wenn du potthässlich bist (wir haben da Mülltüten im Haus, und wenn ich vorne zwei Löcher einsteche, kannst du die prima als Maske tragen, falls es ganz schlimm sein sollte).

2 Minuten später

Anton Okay, du musst die Mülltüte nicht tragen. Du könntest mich auch rückwärts begleiten, sprich, du gehst immer rückwärts, während ich vorwärts laufe. (Außer du siehst auch von hinten aus wie ein Wal, dann wird's schwierig. Moment. Ich gucke mal, wie groß die Mülltüten sind.)

2 Minuten später

Anton Ach Liv, das war doch nur Spasso! (Die Mülltüten sind leider nicht groß genug, um sie über den ganzen Körper zu ziehen.)

3 Minuten später

Anton Okay, ich sehe, du bist heute nicht auf Spasso ausgelegt. Komm, sprich mit mir, Tagebuch!

2 Minuten später

Liv Anton, ich bin gerade bei der Theateraufführung von Jilly. Ich melde mich später.
PS: Freundschaften zwischen Jungs und Chicks funktionieren garantiert nicht, solange du sie Chicks nennst.

Anton Ich drück dem kleinen Geist die Daumen, dass er seinen Text behält und sich nicht auf der Bühne anpinkelt (das hat Tim in der ersten Klasse gemacht, danach wurde er nur noch Pinkeltim genannt … Pinkeljilly?)

81 Minuten später

Anton Hey, Liv, wie war die Aufführung? Hat Jilly Aladin seine drei Wünsche erfüllt? (Deine drei Wünsche kenne ich ja bereits *GÄHN* … warum haben alle drei mit Museen zu tun?)

32 Minuten später

Liv Sorry, Anton, ich habe mich nach dem Theaterstück kurz hingelegt, weil ich solche Kopfschmerzen hatte. Jilly heißt immer noch Jilly und nicht Pinkeljilly (wie gemein!), es lief alles gut, obwohl ein paar von den

Kindern so aussahen, als würden sie gleich auf die Bühne spucken.

8 Minuten später

Anton Ist aber nicht passiert, oder?

Liv Nein, zum Glück nicht. Ich saß immerhin in der ersten Reihe, und meine Reaktionsfähigkeit ist zwar hoch, aber bei dem Riesenstück Kuchen, das Aladin sich vor der Aufführung noch schnell reingeschoben hat, wäre ich nicht sicher gewesen.

Anton Warst du alleine im Theater?

Liv Ja.

Anton Und Titus?

Liv Der hatte keine Zeit.

Anton Also, ich hätte Zeit gehabt.

Liv Hättest du?

Anton Selbstverständlich, was ist denn das für eine Frage? Wenn die süße Schwester meiner Freundin den Geist aus Aladin spielt, dann wäre ich doch garantiert dabei. (Und ich hätte dich beschützt, wenn Aladin sich die Seele aus dem Leib gekotzt hätte.)

Liv Was hättest du denn getan?

Anton Ich hätte die dicke Frau neben mir gepackt und sie als Schutzschild vor uns gehalten (so wie Captain America es mit seinem Schild tut – was der kann, kann ich schon lange).

Liv Und was hättest du getan, wenn du bloß als *ein* Freund und nicht als *mein* Freund dabei gewesen wärst?

Anton Dann hätte ich selbstverständlich DICH als Schutzschild benutzt.

Liv Warum habe ich das schon geahnt?

Anton Weil du mich langsam kennst, auch wenn ich, wie gesagt, nicht glaube, dass Freundschaften zwischen Mädels (Lernkurve!) und Jungs funktionieren.

Liv Warum sollen sie nicht funktionieren?

Anton Weil es einfach nicht klappt.

Liv Geht es auch noch ausführlicher?

Anton Okay, dann erkläre ich es dir mal: Beide sind anfangs befreundet, alles cool, aber irgendwann entwickelt der eine Gefühle für den anderen – weil sie sich ja so gut verstehen – und dann ist die Sache dahin. Also in meinem Fall: Die Chicks verlieben sich einfach in mich, und dann sind sie plötzlich eifersüchtig auf meine Freundin, oder sie wollen meine Freundin sein, aber ich habe kein Interesse, und dann gibt's Stress. Und den braucht man einfach nicht.

Liv Klar, alle Mädchen verlieben sich automatisch in dich?

Anton Genau.

Liv Ich bin nicht in dich verliebt.

Anton Du kennst mich ja auch nur zur Hälfte.

Liv Wie bitte? Also auf den Fotos siehst du ganz schön ganz aus.

Anton Witzig, Liv, witzig! Du weißt genau, was ich meine. Du kennst mich nicht im Real Life, nur hier zwischen den Worten.

Liv Vielleicht kenne ich dich dadurch sogar besser, Anton, weil ich nicht von deiner wahnsinnigen Schönheit geblendet werde?

Anton Gut, Punkt für dich. (Aber nur wegen der wahnsinnigen Schönheit.)

Liv Warte. Ich habe mich vertippt, es sollte »wegen deinem schönen Wahnsinn« heißen.

Anton Klar – also Liv, damit du auch die andere Hälfte von mir endlich erleben kannst, wann sehen wir uns? Nächstes Wochenende könnte ich dich noch einplanen – na, was meinst du?

Liv Wir hatten einen Deal. Erst so kennenlernen.

Anton Wir kennen uns doch schon ziemlich gut.

Liv Du weißt genau, was ich meine.

Anton Nein, weiß ich nicht. Komm, da steckt doch etwas anderes dahinter. Hat Hobbit Titus etwas damit zu tun?

Liv Nenn ihn nicht so. Und kann es sein, dass du tatsächlich nicht mit Ablehnung umgehen kannst?

Anton Echt jetzt?

Liv Komm schon, Anton. Du musst schon zugeben, dass du superhartnäckig bist, solange du etwas nicht bekommst.

Anton WOHA. Kommt jetzt wieder meine Ex und dein Experimentierkasten, Dr. Liv?

Liv Seit du von Titus weißt, bist du einfach interessierter. Ein bisschen wie ein kleiner Junge, wenn ein anderer ein Spielzeug oder eine Süßigkeit hat, die er auch will. Aber sobald du es selbst hast, interessiert es dich nicht mehr.

Anton Sag mal, ist das deine verrückte Art, mich von einem Treffen mit dir abzuhalten? Indem du mir einfach irgendeinen Scheiß an den Kopf wirfst, damit ich dich nicht treffen will? Aber das funktioniert nicht. Denn irgendwann – spätestens, wenn wir gemeinsam das Flugzeug besteigen –, werde ich dich sehen (außer du setzt meinen Vorschlag mit den Mülltüten doch um).

5 Minuten später

Anton Hallo?? Liv?? Bist du schon Tüten einkaufen gegangen oder funktioniert dein Handy schon wieder mal nicht?

1 Minute später

Liv Sorry, Anton. Jilly geht es nicht gut. Sie hat anscheinend nach der Aufführung zu viele Süßigkeiten in sich hineingestopft und jetzt ist ihr übel. Ich mach ihr mal schnell einen Tee.

Anton Sag mal, ist das jetzt ein schlechter Scherz?

4 Minuten später

Liv Nein, ich weiß, das ist jetzt doof, dass ich das vorhin mit den Süßigkeiten geschrieben habe, aber Jilly und ihre Freunde haben als Dankeschön jeder eine Tüte mit Naschereien bekommen, und sie hat alle auf einmal aufgegessen und jetzt ist ihr echt schlecht. Ich muss mich um sie kümmern … hoffentlich ist es wirklich nur die Schokolade und nicht etwas Schlimmeres.

Anton Nun mal ruhig, das wird schon nichts Dramatisches sein. Gute Besserung auf alle Fälle an deine kleine Schwester. Aber wo ist eigentlich deine Mutter, Liv? Das musst du doch nicht alles allein machen? Außerdem – mach dich deswegen nicht fertig. Morgen geht's ihr wieder besser.

99 Minuten später

Anton Und? Musstet ihr den Magen auspumpen oder ging es auch so?

10 Minuten später

Liv Geht schon wieder. Sie hatte schlimme Bauchschmerzen, aber jetzt schläft sie.

Anton Und deine Mutter, wo ist deine Mutter?

Liv Die ist auf einer Geschäftsreise, ich bekomme das schon hin. Jilly schläft jetzt und alles ist gut. Ich habe mir einfach Sorgen gemacht.

Anton Dir bedeutet deine Schwester sehr viel, oder?

Liv Ja, klar.

Anton Jetzt will ich einen Hund ☺

Liv Das kannst du doch nicht vergleichen.

Anton Ein bisschen schon, finde ich. Und wenn sich meine Eltern scheiden lassen, dann hab ich noch die Chance auf einen Hund, mit dem kleinen Bruder wird es erst mal schwierig.

Liv Du weißt doch gar nicht, ob sie sich scheiden lassen – oder doch? Hast du mit ihnen gesprochen?

Anton Nein, warst du beim Arzt wegen deinen Kopfschmerzen?

Liv Ich habe keine Kopfschmerzen mehr.

Anton Lügnerin.

Liv Du solltest mit deinen Eltern reden, wenn es dich belastet.

Anton Deine Kopfschmerzen belasten mich nicht.

Liv Scherzbold.

Anton Es belastet mich nicht, Liv. Wenn sie sich trennen wollen, dann sollen sie es tun. Immerhin funktionierst du auch noch, obwohl sich deine Eltern getrennt haben.

Liv Ich funktioniere? War das jetzt so eine Art verstecktes Kompliment?

Anton Ich habe nur gesagt, dass du funktionierst – nicht wie gut du funktionierst ☺ Um das herauszufinden, müsste ich dich mal in Real Life sehen, Liv!
Und davor hast du doch Schiss.

Liv Ich habe keine Angst vor einem Treffen, du weißt, warum ich das nicht will.

Anton Das kaufe ich dir nicht ab. Wahrscheinlich hat Titus was dagegen – stimmt's oder habe ich recht? Wahrscheinlich ist der Hobbit notorisch eifersüchtig – hast du ihn jetzt schon überprüfen lassen?

Liv Er ist kein Hobbit. Und er ist nicht eifersüchtig.

Anton Oje.

Liv Was?

Anton Na, wenn er gar nicht eifersüchtig ist, dann ist das kein gutes Zeichen. Dann ist er sich zu sicher, was dich anbelangt. Heißt das, ihr beide spielt in einer unterschiedlichen optischen Klasse?

Liv Was soll denn das schon wieder bedeuten?

Anton Es ist nur selten so, dass beide in derselben Klasse spielen, Liv. Meistens ist das Mädchen hübscher, der Junge dafür cooler – damit kann er das kompensieren. Und in Ausnahmefällen ist er cooler UND attraktiver (ich diene hier als Beispiel).
Aber wenn er in einer höheren Liga spielt als sie, dann muss er sich keine Sorgen machen, sie zu verlieren – schließlich kann sie froh sein, dass sie ihn überhaupt abgekriegt hat.

Liv Also, ich habe selten so einen Blödsinn gehört. (Und das will bei unseren Gesprächen schon etwas heißen.) Was ist dann mit Ela? Muss sie ständig Angst haben, dich zu verlieren?

Anton Wie schnell du das System verstanden hast!

Liv Dein beknacktes System basiert doch nur auf Oberflächlichkeiten. Was ist, wenn er zwar gut aussieht, aber total hohl ist, sie ist intelligent und sieht nach optischen Maßstäben bemessen vielleicht nicht ganz so gut aus wie er – was ist dann?

Anton Dann kann sie froh sein, dass sie ihn abbekommen hat.

Liv Auch wenn er total hohl ist?

Anton Wenn sie so intelligent ist, warum hat sie sich dann überhaupt erst auf ihn eingelassen?

Liv Das war nur ein Beispiel.

Anton Aber keines von diesen »Ich habe eine Freundin, die hat ein Problem«-Beispielen?

Liv Was meinst du?

Anton Na die, wo es in Wahrheit um dich selbst geht, und du dich nicht traust, das zu sagen, deswegen tust du so, als ob es um eine Freundin ginge.

Liv Wer tut denn so etwas?

Anton Na, die Mädels.

Liv Woher weißt du das?

Anton Ich bin gebildet (und eben nicht hohl, JACKPOT!).

Liv Stimmt, du bist gebildet, und zwar ganz schön eingebildet. Oje, Jilly ist aufgewacht – ich muss dich und dein intelligentes System jetzt alleine lassen – gute Nacht, Jackpot!

Anton Gute Nacht, Krankenschwester mit kranker Schwester!

Dienstag, 19:41

Anton Geht es deiner Schwester schon besser?
Übrigens: Ich habe heute in der Cafeteria keinen Schokokuchen mehr abbekommen (Schweinerei!), aber ich habe mir nichts anmerken lassen, dann habe ich Henry gefragt, ob er meine Mathehausaufgaben machen will, und als er mit »Nein, ganz bestimmt nicht«, geantwortet hat, bin ich auch cool geblieben, und selbst als Ela es abgelehnt hat, mir beim Zocken zuzusehen, war ich ganz entspannt.
Du siehst also, deine Theorie ist Bullshit. Ich kann total gut mit Zurückweisung umgehen.

11 Minuten später

Liv Jilly geht es schon besser, danke. Es waren echt nur die Süßigkeiten und kein Infekt. Zum Glück. Dafür gehen jetzt wieder Läuse in der Schule um.

Anton Okay, ich will dich doch nicht treffen ☺

Liv Super, dann sind wir ja einer Meinung.
Und dir ist schon bewusst, dass deine drei Beispiele nicht zählen?

Anton Warum?

Liv Dir ist es doch egal, ob du mal auf den Schokokuchen verzichtest, der Typ deine Hausaufgaben nicht macht oder deine Freundin dir eben nicht beim Zocken zusieht.

Anton SAG DAS NICHT! Diese Zurückweisungen hätten ein tiefes Loch in mein Herz brennen können. Du weißt gar nicht, wie wichtig es mir ist, dass sich meine Freundin für mein Hobby interessiert.

Liv Und was soll sie dann machen? Still sein und dir zusehen?

Anton Genau.

Liv Das klingt ja wirklich spannend. Sie tut mir jetzt schon leid. Siehst du ihr denn bei ihren Hobbys zu?

Anton Ich sehe ihr immer zu, wenn sie redet.

Liv Reden wird wohl kaum ihr Hobby sein.

Anton Sag das nicht.

Liv Redet sie so viel?

Anton Sie redet einfach gerne. Von sich aus. Das bin ich nicht gewohnt.

Liv Du bist es nicht gewohnt, dass Mädchen von sich aus reden? Wie kommt das denn?

Anton Meine Ex … hat nicht viel geredet.

Liv Aber du hast dich doch mit ihr unterhalten?

Anton Schon, aber nicht so oft – sie war einfach schweigsamer, hat nie was über sich oder ihre Familie rausgelassen. Das ist mir damals gar nicht so aufgefallen, aber jetzt im Vergleich … aber, lassen wir das. Ich will nicht über meine Ex sprechen.

1 Minute später

Liv Okay, welche Hobbys hat Ela denn sonst noch, außer Reden?

Anton Sie schminkt sich gerne.

Liv Dabei könntest du ihr doch zusehen.

Anton Das ist langweilig.

Liv Natürlich nicht so spannend wie dein Gezocke, klar. Aber versuch's doch mal. Du musst dir einfach vorstellen, dass sie ein Kunstwerk erschafft, wenn sie sich den Eyeliner zieht, ganz so wie ein Maler.

Anton Aber nicht, dass sie sich dann auch noch das Ohr abschneidet.

Liv Schneidet sie sich denn die Haare selbst?

Anton Keine Ahnung. Sind das Dinge, die man über seine Freundin wissen sollte?

Liv Man könnte es zumindest wissen.

Anton Schneidet sich Titus die Haare selbst?

Liv Nein, er geht zum Friseur.

Anton Gibt es für Hobbits eigene Friseure?

Liv Findest du das immer noch witzig?

Anton Und wie! Aber erzähl mal – wie habt ihr euch denn eigentlich kennengelernt?

Liv Was tut das zur Sache?

Anton Ist es so schlimm gewesen, dass du es verdrängt hast? Oder existiert Titus nur in deiner Fantasie, und du brauchst jetzt etwas Zeit, um dir eine gute Story zu überlegen? (Wenn du mir weismachen willst, dass du ihn kennengelernt hast, nachdem er mit seinem besten Freund von einer langen Reise zurückgekommen ist, auf der sie einen Ring in einen Berg zurückbringen mussten – dann würde ich dir SOFORT glauben.) Aber es wäre ziemlich armselig, wenn du deinen eigenen Freund erfinden müsstest, Liv!

Liv Titus ist kein Hobbit, und er ist auch nicht erfunden. Wie hast du denn Ela kennengelernt?

20 Sekunden später

Anton Auf einer Party.

Liv Und gibt es hierzu vielleicht mehr zu erzählen?

Anton Ich habe sie schon öfter gesehen, sie ist die Cousine von einem Freund, und sie hat mich auch schon ein paarmal angebaggert. Und dann haben wir uns einmal einfach mal nett unterhalten, etwas getrunken – und na ja, den Rest möchtest du nicht unbedingt hören, oder?

Liv Worüber habt ihr euch unterhalten?

Anton Keine Ahnung mehr.

Liv Das muss ja ein interessantes Gespräch gewesen sein.

Anton Okay, vielleicht haben wir mehr getrunken als geredet. Aber reden wird einfach total überbewertet.

Liv Ich finde, das ist das Wichtigste überhaupt, wenn man sich kennenlernen will.

Anton Ehrlich?

Liv Ja, schließlich möchtest du doch wissen, wer der andere ist.

Anton Bei mir müssen einfach die Vibes passen.

Liv Die Vibes?

Anton Ja, man merkt doch früher oder später, ob die Chemie stimmt (wenn ihr T-Shirt tief ausgeschnitten ist, dann tendenziell früher). Außerdem kann man nachher noch genug miteinander quatschen, es ist doch nicht so wichtig, wie das erste Kennenlernen abläuft.

Liv Das sehe ich anders. Der erste Eindruck, die ersten Worte – das ist doch etwas ganz Besonderes.

Anton Wie? Willst du etwa nicht nur an die große Liebe, sondern auch noch an Liebe auf den ersten Blick glauben?

Liv Ich glaube, dass es Personen gibt, von denen man sich von Anfang an angezogen fühlt.

Anton War das bei Titus so?

Liv Ja.

Anton Na dann erzähl mal. Wo hast du ihn kennengelernt?

20 Sekunden später

Anton Hallo? Liv? Hast du es etwa schon vergessen?

Liv In der Stadtbibliothek.

Anton Wie romantisch! Habt ihr nach demselben Buch gegriffen, eure Finger haben sich berührt und dann es hat BOOM gemacht?

Liv Du schaust dir doch kitschige Liebesfilme an, oder?

Anton War es denn so?

Liv So ähnlich.

Anton Welches Buch?

Liv Kafka, »Das Urteil«.

Anton Echt jetzt?!

Liv Echt jetzt. Was ist daran so schlimm?

Anton Wolltest du das privat haben oder musst du das für die Schule lesen? #keinerliestsowaszumspasso

Liv Es hat mich einfach interessiert.

Anton Und Titus? Sag nicht, dass er es auch zufällig lesen wollte.

Liv Doch, das wollte er.

Anton Also – entweder du erfindest die Geschichte und verarschst mich gerade heftigst – oder der Typ hat nur so getan, als wollte er sich das Buch ausleihen.

Liv Hat er nicht, er interessiert sich einfach für Literatur.

Anton Welcher Kerl interessiert sich denn für Literatur?

Liv Die Intelligenten?

Anton Das ist doch nur seine Masche, um dich rumzukriegen. Das machen Typen so.

Liv Und wie hast du Ela rumgekriegt?

Anton Da musste ich nicht viel tun ☺ Sie wollen mich einfach alle, Liv!

Liv Sprich, bei dir läuft Kennenlernen in etwa so ab:
SIE: Hey, Anton, ich will dich heiraten!
DU: Heiraten nicht, aber der Rest ist okay.

Anton Du stalkst mich doch!

Liv Das klingt langweilig, und das glaube ich dir nicht.

Anton Okay, es ist nicht immer so. Aber bei Ela war es recht einfach.

Liv Ist die Beziehung dann nicht langweilig? (Die mit deiner Ex scheint ja furchtbar langweilig gewesen zu sein, wenn sie so schweigsam war.)

Anton Mit Ela ist alles bestens. Und meine Ex hat einfach nicht den Mund aufbekommen, okay?

30 Sekunden später

Liv Hast du sie denn zu Wort kommen lassen?

Anton Natürlich, wo denkst du hin?

Liv Wolltest du denn etwas von ihr wissen? Hast du dich für sie interessiert? Hast du dich überhaupt schon mal für jemand anderen interessiert als für dich selbst?

10 Sekunden später

Anton WOHA. Liv, was geht denn hier ab?

1 Minute später

Liv Keine Ahnung. Sorry.

Anton Hört sich nach einem Trauma an, Dr. Liv. Warst du mal mit einem Vielredner zusammen, der sich nicht für dich interessiert hat?
#bittelegdichaufdiecouchundöffnedeinherz

Liv Nein, aber meine Mutter fällt gern auf solche Kerle rein.

Anton Interessant. Ist das erblich?

Liv Versuchst du mich gerade zu analysieren?

Anton Vielleicht sollten wir mal über deinen Ex sprechen und nicht nur über meine.

Liv Du wirkst inzwischen entspannter, was sie anbelangt.

Anton Olivia? Und du wirkst so, als würdest du ausweichen.

Liv Ja, Olivia – du tickst nicht mehr sofort aus, wenn es um sie geht. (Und ich habe nicht wirklich viele Ex-Freunde, über die es sich zu sprechen lohnt.)

Anton Yep, und das sollte dir nur einmal mehr zeigen, dass ich mit Zurückweisung überhaupt kein Problem habe. (Wie viele sind »nicht wirklich viele«?)

10 Sekunden später

Liv Daher weht also der Wind. Du überspielst deine Gefühle, um mir zu beweisen, dass ich im Unrecht bin.

Anton Ich überspiele meine Gefühle nicht, Liv. Ich bin über Olivia weg. Immerhin bin ich jetzt mit Ela zusammen und es läuft gut, sie ist so anders, mit ihr kann man Spaß haben.

Liv Und mit Olivia konntest du keinen Spaß haben?

Anton Nein, sie war irgendwie in sich gekehrt und verklemmt. Da ist Ela GANZ anders.

Liv Das habe ich auf Instagram gesehen.

Anton Ja, Ela ist nicht so fotoscheu wie du, liebe Liv. Aber sag, wie ist denn der Kennenlerndialog zwischen dir und Titus abgelaufen?

ER: »Ich will Kafka lesen.«
DU: »Nein, ich war zuerst da. Und du musst Kafka zuerst besser kennenlernen, bevor du ihn überhaupt lesen kannst. Du interessierst dich doch nur für das Buchcover.«
ER: »Nein, für mich geht es um die inneren Werte. Und du scheinst, wenn ich dir so in die Augen blicke, echt tolle innere Werte zu besitzen.«
DU: »Willst du mein Freund sein?«
Na, so in etwa?

Liv Du solltest wirklich keine Dialoge mehr schreiben. Die sind grauenhaft.

Anton Das wird auch noch verfilmt! Die Begegnung von Titus, dem Hobbit, und Liv, der Anti-Spontan-Heldin.

Liv Wie kommst du darauf, dass ich nicht spontan bin?

Anton Nenn es ein Gefühl. Vorschlag: Willst du dich gleich mit mir treffen?

Liv Auf so eine billige Provokation falle ich nicht rein.

Anton Ein wenig Spontaneität würde dir echt guttun, Liv.

Liv Und weniger eigennütziges Denken würde dir echt guttun, Anton. Du versuchst, mich zu provozieren, damit ich mich mit dir treffe. Damit du bekommst, was du willst. Aber so leicht mache ich es dir nicht. Ich bleib bei unserem Deal, wir sehen uns erst im Flugzeug.

Anton Warum wundert mich das nicht? Du hast dir in den Kopf gesetzt, mich erst im Flugzeug kennenzulernen, und jetzt hältst du an deinem Plan fest, zu 100 %, auch wenn du schon Lust hättest, mich einmal persönlich zu treffen.

Liv Wie kommst du darauf?

Anton Ach, mein liebes Tagebuch, nenne es einfach Instinkt. Aber du kannst natürlich aus deiner Haut nicht heraus, du hast einen Plan geschmiedet, und wenn Liv einen Plan geschmiedet hat, dann ist der unzerstörbar – da kann man sich mit dem Plan nicht einfach auf eine Reise begeben, zum Beispiel durch das Auenland nach Mordor, um den festen Plan dann im Feuer des Bösen zu verbrennen! Nein, der Plan würde überleben, er würde wieder auftauchen, um sie alle zu knechten, um mich zu knechten, nicht wahr?

Liv Du solltest wirklich weniger fernsehen.
Wie wär's doch mal mit einem Buch?

Anton Hast du Kafka schon ausgelesen?

Liv Noch nicht. Aber willst du wirklich mit Kafka anfangen?

Anton Was schlägst du mir denn vor? Donald Duck?

Liv Die kennst du doch schon alle, oder?

Anton Wir könnten ins Kino gehen.

Liv Wie bitte?

Anton Ich lese Kafka, dafür gehst du mit mir ins Kino. (Ich weiß, dass du ins Kino gehst, immerhin warst du mit Titus dort.)

Liv Meine Entscheidung steht, Anton. Kein Treffen vor New York.

Anton Dann fliegen wir eben dieses Wochenende nach New York, ich übernehme auch die Kosten. Komm Liv, gib dir einen Ruck.

Liv Das ist verrückt.
Und Geldverschwendung.
Du bist wie ein kleines Kind, das nicht bekommt, was es will.

Anton Und du benimmst dich wie eine alte Frau, die jeden Schritt ihres langweiligen Lebens schon geplant hat und sich nicht traut, einfach mal irgendwas Verrücktes zu machen. Etwas, das sie nicht schon stundenlang durchdacht hat.
Weißt du was? Ich ruf dich jetzt einfach mal an.

23 Sekunden später.

Anton War ja klar, dass du nicht rangehst. So viel zum Thema Spontaneität.

Liv Und damit hast du jetzt den Beweis erbracht? Nur, weil ich lieber chatte als zu telefonieren?
Du kennst mich echt nicht.

Anton Aber du kennst mich???

Liv Man kann im Leben nicht einfach nur verrückte Dinge tun. Man muss auch Verantwortung übernehmen.

Anton Sagt wer? Deine Mutter?

Liv Lass meine Mutter da raus.

Anton Aber deine Mutter scheint auch einen Tick spontaner zu sein, sie unternimmt zumindest ein paar Sachen und hat offenbar noch ein Leben. Woher hast du deine Anti-Spontaneität? Von deinem Vater?

Liv Ist das jetzt Dr. Anton?

Anton Was du kannst, kann ich schon lange, Liv. Du versuchst mich ständig zu bekehren, und manchmal hast du vielleicht auch ein winzig kleines Stückchen recht (Piet), und da bin ich dann auch bereit, zuzuhören, aber du? Du urteilst von deinem Thron herab, fällst deine Urteile, aber inwieweit bist du bereit, dich zu ändern, Liv?

Liv Ich bin nicht so unflexibel, wie du tust.

Anton Ach, nein?

Liv Ich gehe jetzt zum Beispiel einfach offline, ganz spontan.

Anton Echt jetzt?

2 Minuten später

Anton Liv?

3 Minuten später

Anton Ist das dein Ernst?!

4 Minuten später

Anton Das ist nicht spontan, das ist verdammt kindisch, Liv.

20 Sekunden später

Liv Genau, Anton. Das ist kindisch. Es gibt eben einen Unterschied zwischen Spontaneität und kindischem Egoismus (ich mache einfach, was ich will! BÄH!).

20 Sekunden später

Anton Aha. Das war also gerade eben ein Experiment?

Liv Könnte man so sehen.

Anton Um mir zu beweisen, dass du recht hast. Und damit ich etwas lerne. Danke, Liv, dass du dich so rührend um mich kümmerst. Und was sollte ich deiner Meinung nach daraus lernen?

Liv Dass Spontaneität auch ihre Grenzen hat, und ihre Auswirkungen. Wir sind nicht allein auf der Welt, Anton, und manche von uns tragen Verantwortung. Ich kann nicht einfach heute beschließen, am Wochenende nach New York zu fliegen – das geht einfach nicht.

Anton Wieso nicht?

Liv Ich habe auch so was wie Pflichten.

Anton In unserem Alter sollte man keine Pflichten haben. (Und wenn ja, dann höchstens, Spasso zu haben!)

Liv Ich finde es gar nicht so schlimm, Pflichten zu haben. Du könntest es auch mal mit etwas mehr Verantwortung versuchen, vielleicht gibst du mir dann recht?

Anton Schlägst du mir jetzt gleich vor, ein rohes Ei durch die Gegend zu schleppen und so zu tun, als wäre es mein Baby?

Liv Keine schlechte Idee. Es geht doch nur darum, dass du dich einmal um jemanden anderen kümmerst als um dich selbst.

Anton Das tue ich doch schon.

Liv Wie? Wann?

Anton Ich habe Ela letztens die Tür aufgehalten.

Liv Beeindruckend, wirklich beeindruckend. Warum haben sie das nicht in den Nachrichten übertragen? Du bist doch PRÄDESTINIERT dafür, anderen als Vorbild zu dienen, so eine Heldentat motiviert, ebenso selbstlos durchs Leben zu schreiten! Ich muss es verpasst haben, sie haben das sicher auf allen Kanälen gebracht. Wurde schon eine Straße nach dir benannt?

Anton Bist du jetzt mal fertig?

Liv Mir würde noch einiges einfallen.

Anton Erzähl mir mal, was du so Spontanes in letzter Zeit getan hast?

Liv Ich bin letztens mit Jilly ein Eis essen gegangen.

Anton Und?

Liv Das war nicht geplant.

Anton Das ist dein Beispiel?

Liv Du hast Ela die Tür aufgehalten – dagegen kommt mein Eisessen recht gut weg.

Anton Eisessen gilt nicht.

Liv Warum nicht?

Anton Weil es nicht gilt.

Liv Das ist kein Grund.

Anton Eisessen mit der kleinen Schwester ist nicht megaspontan. Auf der Straße tanzen, einen Fremden küssen oder in einem Café plötzlich lauthals zu singen anfangen, das ist spontan.

Liv Auch das könnte geplant sein.

Anton Nicht einmal geplant würdest du so etwas tun.

Liv Auf der Straße tanzen, einen Fremden küssen oder lauthals in einem Café singen? Stimmt, das würde ich nicht, weil es total sinnentleert ist. Aber du?

Anton Alles schon mal gemacht.

Liv Wirklich? Auf der Straße jemanden geküsst? War es ein Fremder oder eine Fremde?

Anton Eine Fremde. Davon gibt's auch ein Foto auf Instagram, falls du einen Beweis brauchst. (BTW: hat über 400 Herzen bekommen.)

Liv Und wie hat die Fremde reagiert? Hat sie dich mit ihrem Stock verdroschen?

Anton Sie war keine hundert, es war eine Zwanzigjährige und sie fand es lustig. Nicht alle sind so verklemmt wie du, Liv.

Liv Du hast dir sicher wieder eine hübsche Zwanzigjährige ausgesucht, stimmt's?

Anton Sie hatte ein Muttermal über der Lippe. Und ich hab's trotzdem getan.

Liv Sie hätte dir ebenso gut eine runterhauen können (was die angebrachte Reaktion gewesen wäre) – aber typisch, bei dir läuft selbst so was total glatt.

Anton Hey, Liv, mach dich mal locker! Ich habe ihr nicht wehgetan, es war nur ein kurzer Kuss, und ich denke, es hat ihr gefallen. Auf alle Fälle hat sie mich nach meiner Nummer gefragt.

Liv Und?

Anton Und was?

Liv Na, hast du sie ihr gegeben?

Anton Natürlich nicht! Sie hatte doch dieses Lippen-Muttermal!

Liv Ich kann nur hoffen, dass deine Oberflächlichkeit echt nicht ansteckend ist.

Anton Du hättest besser schreiben sollen: Ich kann nur hoffen, dass deine Spontaneität ansteckend ist. Komm schon, Liv, du willst doch auch mal aus dir herausgehen, alles einfach loslassen und nur in den Tag hineinleben! Dich einfach treiben lassen, was Verrücktes tun, damit du es nicht bereust, wie diese alten Leute, die in ihrem Schaukelstuhl sitzen, ihre Katze streicheln und jammern: »Ach, hätte ich DAS doch nur getan, dann wäre mein Leben nicht so elendslangweilig gewesen. Wenn ich's mir recht überlege, hätte ich schon viel früher sterben können.«

Liv 1. Ich bin gegen Katzen allergisch.
2. Wir haben einfach eine unterschiedliche Auffassung von dem Begriff Langeweile, ich muss wirklich nicht alles mitgemacht haben, Anton. Ich muss nicht die Liste »101 Dinge die du getan haben solltest, bevor du stirbst« abarbeiten, ich muss hier niemandem etwas beweisen, ich mag mein Leben, so wie es ist, ich muss nicht von einem Kran springen oder nackt durch die Einkaufspassage rennen, um irgendeinen Kick zu empfinden.

Anton Also, ich finde, du solltest UNBEDINGT nackt durch die Einkaufspassage rennen. Und ich will ein Foto davon! (Von mir aus auch ohne Kopf, ich will mal nicht so sein.) #antonvolltolerant

43 Sekunden später

Anton Okay, Liv, es geht doch nicht darum, irgendeine Liste abzuarbeiten, es geht nicht darum, anderen etwas zu beweisen, es geht darum, seine Grenzen zu spüren, über sich selbst hinauszuwachsen!

Liv Aha. Und inwiefern bist du über dich selbst hinausgewachsen, als du irgendeine Wildfremde auf der Straße geküsst hast?

Anton Na, weil ich mich getraut habe, weil ich über meinen eigenen Schatten gesprungen bin.
Yippie!

Liv Da bist du nicht besonders weit gesprungen.

Anton Willst du etwa sagen, dass mein Schatten klein ist?!
#nichtsanmiristklein

Liv Ich will nur sagen, dass du dich nicht groß überwinden musstest, dass du nicht wirklich eine Grenze überschritten hast. Das zählt nicht als Über-sich-Hinauswachsen. Da müsstest du schon etwas tun, was dir wirklich schwerfällt und gar nicht dein Ding ist. Verrückte Dinge zu tun, ist für dich eher die Regel.

Anton Woher willst du das wissen?

Liv Nenn es ein Gefühl.

Anton Gut, vielleicht fallen mir verrückte Dinge leichter als dir, aber vielleicht auch nur, weil ich einfach von Grund auf lockerer und entspannter bin.

Liv Vielleicht auch nur, weil du verrückter bist.

Anton Nicht alles was Spasso macht, ist verrückt, Liv!

Liv Wenn du wirklich über dich hinauswachsen und Grenzen überschreiten möchtest, dann tu doch einfach mal Dinge, die nicht nur dir selbst nützen.

Anton Wie zum Beispiel, mit dir Fallschirmspringen zu gehen, damit du über deinen Schatten hinauswächst? Okay, ich bin dabei!

Liv Aber ich nicht!

Anton Spielverderberin!

Liv Du könntest zum Beispiel an einem gemeinnützigen Projekt mitarbeiten.

Anton Wie? Ich? Soll ich etwa im Altersheim den Senioren Lieder vorsingen (was hältst du von »Alles hat ein Ende, nur die Wurst hat zwei«) oder irgendwelchen Kids über die Straße helfen?

Liv Zum Beispiel. Ich helf dir auch bei der Songauswahl.

Anton Oder Spendengelder sammeln und bei der Essensausgabe helfen?

Liv Ja, das ginge auch.

Anton Und wenn ich das mache, rennst du dann nackt durch das Einkaufzentrum? (Dafür bräuchte ich natürlich einen Beweis. Ein Freund von mir hat eine geile Videokamera, mit der kann er gestochen scharf aufnehmen – die könnte ich dir natürlich zur Verfügung stellen.)

Liv Vergiss es.

Anton Aha. Interessant. Sobald es um deine Grenzen geht, ist es anscheinend etwas anderes.

Liv Du kannst doch »nackt durchs Einkaufzentrum laufen« nicht mit »alten Leuten im Seniorenheim etwas vorsingen« vergleichen?

Anton Wieso nicht?

21 Sekunden später

Liv Muss ich dir das wirklich erklären?

Anton Vielleicht habe ich ein Gesangstrauma, und es kostet mich megaviel Überwindung, in einem Altersheim vor lauter alten Menschen zu singen, vielleicht habe ich auch nicht nur das Gesangstrauma, sondern auch noch pathologische Angst vor alten Menschen, was bedeutet: Für mich ist diese Aktion viel kräfteraubender als für dich. Wie schlimm kann es schon sein, nackt durch die Einkaufspassage zu laufen?

Liv Hast du es vielleicht schon mal getan?

Anton Nein.
Also nicht durch die Einkaufspassage.

Liv Sondern?

Anton Nur mal eine kurze Runde um den Block.

Liv Wann? Bei Tag?
Ist das nicht verboten?

Anton Es ist zumindest keine Straftat, aber man kann ein Bußgeld dafür kassieren, wegen Erregung öffentlichen Ärgernisses.

Liv Und das weißt du deshalb so genau, weil du erwischt wurdest?

Anton Ich nicht. Aber der Freund nach mir.

Liv ???
Was habt ihr gemacht? Einen nackten Staffelmarathon?

Anton Nein. Wo denkst du hin. Wir haben einfach gezockt und ein bisschen herumgealbert, und ein Kumpel von mir meinte, dass wir uns das nicht trauen würden.

Liv Und DESWEGEN habt ihr euch das getraut.

Anton Genau.

Liv Nur weil er es euch nicht zugetraut hat?

Anton Klar, das ist Ehrensache!

Liv Gut. Weißt du was?
Ich traue dir nicht zu, dass du dich in ein Altersheim begibst und den Senioren dort zur Unterhaltung schöne (!) Lieder vorsingst.

Anton Nice try, aber es war doch ein wenig zu platt ☺

5 Sekunden später

Liv Schade. Aber ich war knapp dran, oder?

Anton Nicht im Entferntesten! Shit. Ich muss noch mit Ela telefonieren, die wollte noch mit mir quatschen – ich muss jetzt Schluss machen.

Liv Mit ihr?

13 Sekunden später

Liv War nur ein Witz!!

Anton Ist angekommen, war auch lustig, würde aber mit Stimme und dem sarkastischen Unterton noch gewinnen. Also, wann telefonieren WIR zwei?

Liv Jetzt ruf deine Freundin an, bis dann, Anton!

Anton Bis dann, Liv.

Donnerstag, 15:02

Liv Ich bin gerade auf einen Artikel im Netz gestoßen – »10 Tipps, um Kindern Verantwortung beizubringen« – und da steht, dass ein eigenes Haustier gut dazu geeignet ist, um Verantwortung zu lernen. Also nichts wie los, Anton, ein Hund wäre ideal für dich. (Du könntest auch nackt mit ihm um den Block laufen.)
PS: Ich war heute kurz shoppen und habe mir eine Zeitschrift gekauft, einfach so. Verrückt, oder?

39 Minuten später

Anton Liv, wenn du NUR mit einer Zeitung bekleidet durch die Einkaufspassage gerannt wärst, hättest du zwar nicht die volle Punktezahl erhalten, aber doch etwas Anerkennung für deine Spontaneität (und falls du jetzt überlegst, dir einen Zeitungsanzug zu basteln und mit dem dann durch das Einkaufszentrum zu laufen – vergiss es. Das gibt sogar Punkteabzug).
»10 Tipps, um Kindern Verantwortung beizubringen« – sag mal, was liest du denn da?! Bist du nicht zu jung, um dir so ein Zeug reinzuziehen?

3 Minuten später

Liv 1. An den Zeitungsanzug habe ich nicht gedacht, ich würde selbst damit nicht durch die Einkaufspassage laufen, auch nicht mit einem Zeitungshut oder einem Zeitungsrock, falls das gleich kommen sollte.
2. Ich habe einfach ein bisschen herumgesurft und

beim letzten Elternabend ging es um das Thema Verantwortung, da fand ich es nur logisch, hier etwas weiterzulesen.

1 Minute später

Anton Moment. Beim letzten Elternabend? Hast du ein Kind, das du mir vorenthältst? ☺
PS: Bitte sag mir, dass es kein kleiner Hobbit mit Riesenfüßen ist!

Liv Ich spreche von Jilly, du Witzbold.

Anton Lass mal raten: Deine Mutter musste zu einem wichtigen Termin und du bist für sie eingesprungen?

Liv Sie war nicht gerade in der Stimmung, um zum Elternabend zu gehen.

Anton Kann man denn jemals in der Stimmung für einen Elternabend sein? Das ist doch stinklangweilig dort!

Liv Warst du denn schon mal auf einem?

Anton Nein, zum Glück nicht! Aber ein Haufen Eltern und ein Haufen Lehrer – hey, da wird wohl nicht die Party abgehen. Musstest du dir eine Strickweste und Pantoffeln zulegen, um überhaupt da reinzukommen?

Liv Wie kommst du dann darauf? Glaubst du, dass meine Mutter so etwas anzieht?

Anton Na ja, ich habe mir dich einfach in vierzig Jahren vorgestellt … ☺

Liv Meine Mutter ist nicht so alt, Anton, sie hat mich mit 17 bekommen.

Anton Mit 17?!

Liv Ja.

Anton Wurde sie denn nicht aufgeklärt?

Liv Doch, aber manchmal passiert so etwas eben.

Anton Und … sie wollte dich bekommen?

Liv Wünschst du mir gerade, dass ich nicht geboren wäre?

Anton Sorry, Liv, so sollte das nicht klingen. Aber 17 ist doch ganz schön früh, ich meine, könntest du dir jetzt vorstellen, mit einem Baby durch die Welt zu laufen?

Liv Nein, könnte ich nicht. Aber meine Großeltern sind streng katholisch, eine Abtreibung kam definitiv nicht infrage.

Anton Und was wollte deine Mutter?

Liv Sie war hin- und hergerissen, aber mein Vater war da, und die beiden haben einfach gemeinsam beschlossen, es zu probieren.

Anton Würdest du dich auch so entscheiden?

Liv Keine Ahnung. Ich hoffe, dass ich nicht in diese Situation komme. Was würdest du denn tun?

Anton Ich werde nicht schwanger.

Liv Sehr witzig. Was würdest du tun, wenn du der Vater wärst?

Anton Keine Ahnung. Mein Leben lang Alimente zahlen? Meine Eltern ein Leben lang Alimente zahlen lassen? ☺

Liv Noch witziger! Für einen kurzen Moment dachte ich tatsächlich, eine ernsthafte Unterhaltung mit dir führen zu können – ich weiß: mein Fehler! Ich hätte es besser wissen sollen. Vielleicht bist du für einen Hund auch noch nicht bereit.

Anton Sag das nicht, Liv! Ich hatte doch schon einen Namen für ihn.

Liv Wie willst du ihn den nennen?

Anton Was hältst du von »Kommher«?

Liv Damit du im Park rufen kannst: »Komm her, Kommher?«

Anton Genau. Oder wie gefällt dir: »Fass«?

Liv Ich rate ab.
Das Kommando könnte andere Hunde irritieren.

Anton Da hast du recht. Ich werde vielleicht in der Namensfrage noch etwas in mich gehen.

Liv Tu das.

Anton Auch ein schöner Name.

Liv Lass das.

Anton Gefällt mir auch. »Komm her, Lassdas!«

Liv Ich kann nur hoffen, dass du NIE den Namen für ein Kind aussuchen wirst.
#schonvonbeginnandaslebenzerstört

Anton Warum? Was hast du gegen Rambo und Jesus?
(King Kong ist auch ganz hoch im Kurs.)

3 Minuten später

Anton Auch schön: Apple oder Ikea.

Anton Oder: Schokominza, Legolas, Popo.

20 Sekunden später

Anton Mann, ich hab's grad gegoogelt, Liv, alle Namen sind tatsächlich erlaubt!!

2 Minuten später

Anton Liv?? Noch da??

Anton Oder hast du jetzt Angst, dass ich dich umtaufen werde? #dieversuchungistgroß

3 Minuten später

Liv Tut mir leid, Anton. Ich musste nur kurz zu Jilly und ihr bei der Hausaufgabe helfen. (Apple und Ikea würden deinen Kindern sicher gut stehen, dann werden sie gleich auf eine materialistische Grundhaltung eingestimmt.)

1 Minute später

Anton Hausaufgaben, echt jetzt? Hey, Liv, du musst gar kein Baby bekommen, du hast schon eins. #ichkannesfürdichauchumtaufen

Liv Wie bitte??

Anton Na, deine kleine Schwester, du kümmerst dich um sie, wie das eine Mutter normalerweise tut.

Liv Das mache ich doch nicht immer.

Anton Aber ganz schön oft.

Liv	Nur wenn meine Mutter einen Termin hat und nicht da ist.

Anton	…oder wenn sie nicht in der Stimmung ist?

1 Minute später

Liv	Ja, aber das ist doch etwas anderes. Manchmal ist sie einfach nicht so gut drauf oder hat Stress in der Firma, und immerhin hat sie mich mit 17 zur Welt gebracht und das hat sie einen Teil ihrer Jugend gekostet.

Anton	Und das rechtfertigt, dass du einen Teil deiner Jugend opferst?

Liv	So würde ich das nie sehen.

Anton	Nicht?

Liv	Nein, ganz und gar nicht. Nur weil ich ihr ab und zu helfe, heißt es nicht, dass ich mein Leben nicht genieße, Anton – und nur weil mein Spaß anders aussieht als deiner, heißt es nicht, dass ich keinen habe.

Anton	Darf ich Jilly jetzt trotzdem umtaufen?

Liv	Vergiss es.

Anton	Du bist aber eine ganz schön strenge Mutter. Muss ich jetzt auf mein Zimmer gehen?

Liv	Ja, aber dein Handy bleibt schön hier.

Anton Megafies!

Liv Was wärst du nur für ein anstrengendes Kind!

Anton Bekomme ich jetzt gleich noch meinen Hund? BIIIIIIITTTTEEEEE! (Und ein Streifenhörnchen gleich dazu, okay??)

Liv Vergiss es, Anton. Übernimm erst mal Verantwortung für ein rohes Ei. Das kannst du auch Lassdas oder Tudas nennen.

Anton Nein, das nenne ich Rührei! HAHAHA!

40 Sekunden später

Liv Anton, Jilly kommt mit ihrer Mathehausaufgabe nicht weiter, ich muss ihr da mal helfen – also bis bald.
PS: Und pass auf dein Ei auf.

Anton Yep!
PS: Aber auf welches? Das linke oder das rechte? ;)

21 Sekunden später

Liv Das ist einfach nur eklig.

Anton HA! Jetzt weiß ich zumindest, dass du aufgeklärt bist ☺

Liv Aber jetzt wäre ich es lieber nicht! Bis dann, Anton!

Anton Bis bald, Hausaufgabenbetreuungs-Liv!

Freitag, 18:39

Liv Und, spontaner Anton, hast du dir schon spontan einen Hund gekauft? Wenn ja, dann bitte sag mir, dass er nicht einen dieser schrecklichen Namen abgekriegt hat. (Leider kann man Hunde nennen, wie man will, während es bei Menschen doch Einschränkungen und Gerichtsurteile gibt. Zum Glück.)

91 Minuten später

Liv Ist der Name so schrecklich, dass du ihn mir nicht verraten möchtest?

Liv Du hast ihn doch nicht etwa Anton getauft?? Anton Junior?!

Liv Oder doch Tudas? Lassdas?

25 Minuten später

Liv Oder etwa Schreibnix?

Sonntag, 14:11

Anton Hey Liv, mir ist aufgefallen, dass wir seit ein paar Tagen nichts mehr voneinander gehört haben.
Aber ICH habe dafür eine total gute Erklärung, denn ich habe nämlich deinen Ratschlag befolgt und begonnen, mehr Verantwortung zu übernehmen. Glaubst du mir nicht? Doch, musst du mir glauben, denn:
Ich habe einer alten Frau die Tür zu einem Lokal

aufgehalten (und dabei leise »Time To Say Goodbye« gesummt).

Ich habe meiner Mutter gesagt, dass man den Müll rausbringen muss, und nachdem sie nicht darauf reagiert hat, habe ich der Putzfrau gesagt, dass sie es tun soll.

(Wird dir am besten gefallen.) Ich habe herausgefunden, dass Ela gerne Serien guckt, vor allem Krimis und Thriller, und dass sie am liebsten Japanisch isst. Also habe ich Sherlock via Netflix gestreamt und Sushi besorgt – und wir sind am Freitagabend spontan zu Hause geblieben, haben uns ein paar Folgen angesehen, Nigiris und Makis gemampft – und es war ein total netter Abend. Am Samstag bin ich dann natürlich mit den Jungs los, aber der Freitag war auch cool … du siehst also, ich bin total bereit, verantwortungsvoll zu handeln und mich auch um andere zu kümmern – nenne mich ruhig Mr Responsibility! Und gleich treffe ich mich mit Ela und wir wollen noch ins Kino, kommst du spontan mit, liebe Liv? (Dann bekämst du auch den Titel Mrs Spontaneity!)

31 Minuten später

Liv	Ist das dein Ernst?

5 Minuten später

Anton	Ob du ins Kino mitkommen willst? Ja, ist es!

20 Sekunden später

Liv Nein, dass dir aufgefallen ist, dass wir seit ein paar Tagen nichts voneinander gehört haben.

Anton Yep. Wieso?

Liv Ich hatte dir doch geschrieben.

Anton Hä? Ach. Oh.
Das hatte ich bei meiner großen Verantwortungsmission ganz übersehen. Das war am Freitag, richtig? Da hatte ich doch gerade meinen Abend mit Ela, Liv! Da ist das einfach untergegangen, aber Schwamm drüber, jetzt will ich endlich von dir gelobt werden. Denn ich habe die zehn Tipps, um Kindern Verantwortung beizubringen, gegoogelt, und auf Platz Nummer eins steht: Lob. Also lobe mich für mein großartiges Verhalten! Lobe mich, lobe mich, wie du es noch nie getan hast!

Liv Das war ein guter erster Schritt, Anton.

Anton Das war's? Geht's noch emotionsloser?

20 Sekunden später

Liv Ich finde es gut, dass du dich für deine Freundin interessierst.

Anton Mmmh. Wieso kaufe ich dir das nicht ab?

Liv Keine Ahnung. Musst du jetzt nicht mit ihr ins Kino?

Anton Gleich, ich hab noch zehn Minuten. Kommst du mit?

Liv Sicher nicht.
(Außerdem solltet ihr doch die harmonische Zeit zu zweit genießen, wenn sie dir jetzt so viel gibt.)

Anton Wir gehen nachher noch was essen, du kannst auch gerne erst dorthin nachkommen.

Liv Seid ihr denn nur zu zweit unterwegs?

Anton Kommt darauf an, Liv. Sind wir zu zweit oder zu dritt?

Liv Du gehst ohne deine Freunde mit ihr essen?

Anton Klar, sie ist schließlich meine Freundin!

3 Minuten später

Anton Alles okay bei dir?

Liv Klar.

Anton Sicher?

Liv Ja.

Anton Du hörst dich aber komisch an.

Liv Nein.

Anton Kannst du jetzt nur noch Ein-Wort-Sätze bilden?

Liv Nein.

Anton Sicher?

Liv Ja.

Anton Wollen wir das jetzt ewig so spielen? Meine Ausdauer ist groß! (Nicht nur meine Ausdauer ☺)

Liv Okay.

20 Sekunden später

Anton Okay, du scheinst angepisst zu sein.
Liv, ich wollte deine Nachricht nicht übersehen, ich war nur einfach so beschäftigt, den Abend mit Ela zu planen und sie zu überraschen. Du hättest sie sehen sollen, sie hat sich so mega gefreut, als sie das Sushi gesehen hat, und dann haben wir uns auf die Couch gekuschelt und die Serie geguckt und bis in die Nacht miteinander geredet – ich hab erwähnt, was meine Mutter macht, und daraufhin hat sie mir erzählt, dass sie später mal Modedesignerin werden will, und dann hat sie mir von allen möglichen Designern vorgeschwärmt, und ich habe ihr den Schmuck meiner Mutter gezeigt, und sie war ganz hin und weg ☺

3 Minuten später

Anton Liv?

1 Minute später

Anton Liv, ich muss jetzt ins Kino, sehen wir uns dort? ;) Und wie erkenne ich dich?! Bist du die, die nur Ein-Wort-Sätze spricht?

3 Stunden später

Anton Hey, Liv, lebst du noch?

1 Minute später

Liv Ja, ich lebe noch. Wie war das Kino?

Anton Der Film war nicht meins, wir haben uns so eine Liebeskomödie angesehen, deren Titel ich schon wieder verdrängt habe, aber Ela hat es gut gefallen.

Liv Dann ist es ja gut.

Anton Hey, bist du etwa noch immer angepisst, weil ich deine Nachricht übersehen hatte? #weristdennjetztdaskind #undsollichdichjetztumtaufen

Liv Nein, es hat nichts damit zu tun, ich bin einfach nur ein bisschen schlecht drauf. Es ist wirklich schön, dass du dich bei Ela so bemühst. #unddubistnochimmerdaskindvonunsbeiden #deswegendarfstduauchniemandenumtaufen

Anton Bemüht sich Titus denn nicht?

Liv Irgendwie nicht.

Anton Was ist denn passiert?

Liv Es ist eigentlich gar nichts passiert. Nur wenn du so schreibst, wie du dich für Ela anstrengst, wie du versuchst, auf sie einzugehen, da merke ich einfach, dass es bei uns irgendwie nicht so ist.

Anton Wieso denn nicht?

Liv Keine Ahnung, ist auch egal. Erzähl mir einfach etwas über den Film.

Anton Es ist nicht egal, Liv. Was ist denn genau passiert? (Und soll ich Titus dafür verprügeln?)

Liv Nein, lass das mal lieber.

Anton Soll ich Lassdas das erledigen lassen? (Ich könnte mir ganz schnell einen fiesen Rottweiler zulegen.) Ich würde mich auch selbst mit dem Hobbit anlegen. (Solange er der Hobbit ist und ich Aragorn.)

Liv Das ist nett gemeint, aber er hat ja eigentlich nichts Schlimmes getan.

Anton Und was hat er dann Nicht-Schlimmes getan?

1 Minute später

Liv Er interessiert sich einfach nur für sein Fußballtraining, hängt mit seinen Freunden vom Verein ab, und wenn wir uns treffen, sind die entweder alle dabei oder er spricht nur von sich.

Anton Ich wusste es! Also hat er das Kafka-Interesse doch nur vorgetäuscht, bis er dich rumgekriegt hat? #ichbinzuklugfürdiesewelt

Liv Keine Ahnung, vielleicht liegt es auch an mir.

Anton Sag das nicht. Titus ist der Arsch, garantiert. (Trau keinem Hobbit, auch wenn er noch so unschuldig aussieht.)

Liv Er hat wirklich nichts verbrochen, er ist einfach nur anders, als ich es mir vorgestellt habe.

Anton Warum gibst du dich dann mit dem Vollpfosten ab?

20 Sekunden später

Liv Wenn ich an ihn denke, dann kribbelt es irgendwie und … ich weiß auch nicht, Anton. Irgendwie hänge ich an ihm, und dass ich das nicht erklären kann, dass meine Gefühle jeglicher Logik widersprechen, macht mich verrückt. Denn es macht keinen Sinn, dass ich immer wieder an ihn denken muss … musst du auch immer an Ela denken?

Anton Nicht immer. Aber doch ab und zu.

Liv Bist du verliebt in sie?

Anton Es ist schön mit ihr. Und seit letztem Freitag ist es irgendwie noch schöner. Vielleicht kein so dummer Gedanke, sich ein bisschen auf sie einzulassen.

Liv Hast du das bei deiner Ex denn nicht getan?

Anton Ich glaube nicht.

Liv Warum nicht?

Anton Weiß nicht.

39 Sekunden später

Liv Hast du vielleicht nicht so viel für sie empfunden wie jetzt für Ela?

27 Sekunden später

Anton Hey, ich war total in sie verschossen, ich meine, du müsstest die mal sehen. Olivia ist wunderschön.

Liv Ich kann mir nicht helfen, das klingt einfach total oberflächlich. Immer wenn du von deiner Ex sprichst, geht es nur darum, dass sie wunderschön ist. Nicht nett, nicht interessant, nicht witzig, einfach nur wunderschön? Ich meine, reicht das denn aus, damit du dich in jemanden verliebst? Sie muss einfach nur schön sein? (Meide lieber sämtliche GNTM-Castings, wenn du keine Massenverliebtheit erleiden möchtest.)

Anton Natürlich war das nicht alles, Liv – ich war einfach hin und weg von ihr, okay? Meine Pumpe ging wie verrückt, wenn ich sie nur gesehen habe, und ja, das hat mit Logik nicht viel zu tun gehabt, aber es hat halt trotzdem nicht funktioniert.

59 Sekunden später

Liv Was ist denn ihr Lieblingsessen?

Anton Was? Das von Olivia?

Liv Genau.

20 Sekunden später

Anton Ich weiß es nicht.

Liv Wieso weißt du so was nicht?

Anton Keine Ahnung, wir haben nicht darüber gesprochen. Weißt du denn, was Titus am liebsten isst?

Liv Burger.

Anton Das gilt nicht. Fast jeder Typ isst am liebsten Burger. Ich auch.

Liv Okay, dann: Was ist ihre Lieblingsfarbe, was sind ihre Hobbys, was weißt du über ihre Familie?

Anton Was willst du mir damit sagen? Ist das jetzt wieder so eine Scheiß-Projektionsaktion? Nur weil sich Titus plötzlich nicht mehr für dich interessiert, muss das bei mir und meiner Ex auch so gewesen sein? Schon mal auf die Idee gekommen, dass er einfach eine andere hat?

1 Minute später

Liv Klar ist mir das schon in den Sinn gekommen. Und weißt du was, Anton? Das Gefühl, dass der, den man mag, eine andere hat, fühlt sich beschissen an, so richtig beschissen.

20 Sekunden später

Anton Mann, Liv, so war das doch nicht gemeint. Vielleicht hat er gar nicht …

15 Sekunden später

Liv Doch, du hast recht. Er hat wahrscheinlich eine andere, weil er einfach kein Interesse mehr an mir hat, denn wenn man jemanden wirklich mag, dann interessiert man sich doch für ihn, oder nicht? Dann kommt niemand anderer dazwischen, oder?

25 Sekunden später

Anton Ich weiß nicht, Liv. Es war doch bei mir und Olivia auch anders. Ich habe vielleicht auch kein großes Interesse gezeigt, aber nicht, weil sie mich nicht interessiert hat, sondern weil ich einfach ein Idiot war, irgendwie. Ich habe mir nicht die Mühe gemacht, sie richtig kennenzulernen.

25 Sekunden später

Liv Das tut mir leid.

Anton Muss es nicht, es sollte einfach nicht sein – verstehst du? Mit Ela ist es jetzt einfach anders, und hey, anders ist gut, und es macht Spaß mit ihr. Und wer weiß, vielleicht hat Titus einfach gerade nur was anderes im Kopf. Was sagt er denn dazu?

Liv Ich hab ihn nicht darauf angesprochen.

Anton Warum nicht?

Liv Ich dachte, er hat einfach das Interesse an mir verloren.

Anton Wieso sollte er? Hast du vielleicht 50 Kilo zugenommen, seit ihr euch kennt?

Liv Nein, habe ich nicht.

Anton Hast du plötzlich eine ansteckende Krankheit bekommen? Hast du abartigen Mundgeruch entwickelt oder ist dein Kopf überdimensional groß angewachsen?

Liv Nein, willst du ein Foto zum Beweis?

Anton Spiele nicht mit meinen Gefühlen, Liv! ☺

20 Sekunden später

Liv Nein, es ist nichts dergleichen passiert. Ich bin weder dicker noch größer noch irgendwie abartiger geworden.

Anton Und wie kommst du dann auf die Idee, dass es an dir liegt?

Liv Ich weiß nicht. Ich finde Titus super, er ist beliebt, hat viele Freunde, und irgendwie konnte ich mir nicht vorstellen, dass es nichts mit mir zu tun hat… außerdem, was ist, wenn er einfach jemand anderen kennengelernt hat? Gar nicht mit Absicht, sondern es ist einfach passiert?

Anton Dann hätte er doch schon Schluss gemacht. Immerhin nimmt er dich mit zu seinen Freunden, das beweist, dass er stolz auf dich ist.

Liv Ich bin doch kein Pokal.

Anton Mann, Liv, das verstehst du völlig falsch. Es zeigt, dass er sich gerne mit dir sehen lässt, du bist niemand, den man verstecken muss (was mich übrigens ENORM beruhigt, denn ich hab ja noch kein Foto von dir!). Also, sprich ihn darauf an! Liv, du bist doch sonst so schlagfertig, warum bist du auf einmal so zurückhaltend?

Liv Weil er mir einfach nicht egal ist.

Anton Ein Grund mehr, mit ihm zu reden. Mann, ich höre mich schon an wie eine von diesen Beratungstanten aus dem Fernsehen. »Sprechen Sie aus, was Sie berührt, Sie müssen mit ihm reden – Kommunikation ist der Schlüssel zu einer erfolgreichen Partnerschaft.« Vielleicht sollte ich später einfach als Paartherapeut arbeiten?

Liv Das solltest du dir noch einmal gut überlegen (im Interesse der Allgemeinheit).

Anton Wenn ich dich und Titus wieder zusammenbringe, dann musst du mir ein Foto für meine Website schicken, immerhin seid ihr mein erstes Erfolgspärchen!

Liv Du gibst wohl nie auf.

Anton Niemals! Zuerst verkupple ich Rattenaffen-Liv mit Captain America und dann Liv mit Titus. Vielleicht ist das meine Superkraft?

Liv Andere zu verkuppeln?

21 Sekunden später

Anton Du hast recht, das ist keine wirklich coole Superkraft, das ist viel zu langweilig. Und vor allem passt es nicht zu dem coolen Superbody, den ich habe.

Liv Dem coolen Superbody, den du so gern herzeigst? Wie viele Fotos von dir willst du denn noch auf Instagram posten?

Anton Noch so eine Sache, bei der du etwas von mir lernen könntest.

Liv Was heißt hier »noch so eine Sache«?

Anton Na, meine Spontaneität sollte auch auf dich abfärben, Liv. Trau dich mal was, und damit meine ich nicht, dass du dir spontan eine Zeitschrift kaufst. Tu was Verrücktes. (Und damit meine ich auch nicht, Titus anzusprechen. Das solltest du zwar tun, aber das gilt nicht als verrückt. Das ist einfach nur LOGISCH.) Anstatt irgendwelche bescheuerten Artikel über Verantwortung zu lesen, solltest du einfach mal: »Wie werde ich spontaner« googeln – da gibt es sicher Tausende von Vorschlägen!

18 Sekunden später

Liv Okay, weißt du, was Google vorgibt, wenn man nur eintippt: Wie werde ich … ?

Anton Keinen blassen Dunst.

Liv Als Vorschläge kommen:
Wie werde ich reich
Wie werde ich schwanger
Wie werde ich Millionär
Wenn DAS die häufigsten Suchanfragen sind, dann ist unsere Gesellschaft endgültig verloren.

Anton Okay, das ist schon eine ziemlich schräge Kombination. Hängt aber sicher auch davon ab, was du sonst noch gegoogelt hast.

Liv Trotzdem. Das ist traurig. Unsere Gesellschaft verblödet. Glaubt denn jemand ernsthaft, dass er eine zuverlässige Antwort bei Google darauf bekommt, wie man reich und Millionär wird?

Anton Anscheinend. Zumindest bekommt man eine zuverlässige Antwort darauf, wie man schwanger wird.

Liv Es ist echt gruselig.

Anton Du sollst aber Spontaneität googeln Liv, nicht, wie du schwanger werden kannst (das kann ich dir auch in New York erklären).

Liv Danke, ich verzichte – und ich glaube, ich gehe jetzt eher ganz spontan ins Bett, Anton, morgen ist wieder Schule.

Anton Das gilt nicht! Das ist nicht spontan, sondern total streberlike!

Liv Ich mache es trotzdem, gute Nacht!

Anton Schlaf gut, Liv.

Montag, 17:29

Liv Lieber Anton,
ich habe mir heute spontan in der Früh einen extragroßen Chai Latte gekauft, bin damit in die Schule gegangen, habe spontan eine Freundin gefragt, ob sie probieren möchte, habe mich ganz spontan mit ihr für morgen verabredet, da sie mir spontan noch eine Karte für Adele geschenkt hat, weil ihre Mutter nicht kann (Ich freue mich wirklich riesig!!), habe spontan im Sport einen Handstand gemacht, bin ganz spontan heute zu Fuß nach Hause gegangen, habe mir zu Hause spontan ein Mittagessen gekocht, und zwar ein ganz spontanes, und habe jetzt ganz spontan an einem Emoji-Gewinnspiel teilgenommen, obwohl ich so etwas sonst nie mache und die Wahrscheinlichkeit zu gewinnen irgendwo bei 0,00000000000001 % liegt, aber trotzdem habe ich die Emoticons auf der Website gezählt, und hoffe, dass ich das iPad gewinne, um das es geht. Hier der Link, falls du auch ganz spontan dein Glück versuchen möchtest, denn ich weiß ja, dass Spontaneität dir liegt. (Aber liegt dir auch das Zählen von Emoticons? Das ist hier doch recht tricky.)
PS: Wusstest du, dass es wahrscheinlicher ist, im Lotto zu gewinnen, als von einem Hai angegriffen zu werden? Es ist übrigens auch fünfmal wahrscheinlicher, von einem Stuhl getötet zu werden als von einem Hai. (Sitzt du gerade?)

Anton Spontan wie ich bin, habe ich die Emoticons gezählt, war natürlich ganz einfach (dabei bin ich aber gestanden). Deine Spontaneitätsversuche sind erbärmlich, Liv. Da muss doch noch mehr drin sein. (Adele ist natürlich geil, die Tickets sind seit Wochen ausverkauft – falls du nicht gehen kannst, bin ich bereit, für dich einzuspringen – oder für deine Freundin?)
Habe gerade übrigens die Flugtickets für New York vor mir auf dem Tisch liegen, du weißt schon, dass wir dann nebeneinander sitzen würden, oder? Du kannst dich also nicht ganz spontan irgendwo anders hinsetzen, ich werde dich sehen, ja, Liv, spätestens im Flugzeug werde ich dich sehen!

Liv Hoffentlich stürzt das Flugzeug dann nicht ganz spontan ab!

Anton So wahrscheinlich ist ein Flugzeugabsturz gar nicht. Jährlich werden mehr Menschen durch Esel getötet als durch Flugzeugabstürze.

Liv Es werden auch mehr Menschen durch Affen umgebracht, als bei Flugzeugabstürzen umkommen.

Anton Wusste ich es doch! Meine King-Kong-Theorie hat Hand und Fuß!

Liv Also trauen wir uns jetzt doch nicht aufs Empire State Building?

Anton Das ist viel zu gefährlich!

Liv Wo ist denn jetzt deine No-risk-no-fun-Einstellung geblieben?

Anton Okay, ich tue es.
Wenn du mir gleich ein Foto schickst.

Liv Ich schicke dir nachher eins, okay?

Anton Du verarschst mich doch.

Liv Vielleicht.

Anton Nicht witzig!

Liv Doch! Außerdem sehe ich uns schon auf dem Empire State Building, ganz ohne Affen (also zumindest ohne King Kong).

Anton Vielleicht sehe ich auch mich und Frau Lindmann aus Stuttgart auf dem Empire State Building. Sie ist noch immer im Rennen, Liv.

Liv Gut, ihr könntet zumindest die Szene aus »Schlaflos in Seattle« nachspielen.

5 Sekunden später

Anton Okay, vielleicht ist sie doch nicht mehr im Rennen.

Liv Noch besser. Also, was wollen wir uns alles in New York ansehen? Wir müssen einen Plan machen!

Anton Können wir uns nicht ganz spontan ein paar Sachen ansehen, uns einfach durch die Stadt treiben lassen und sehen, wo es uns hinführt?

Liv Anton, wir fliegen nach New York. Nach NEW YORK! Das ist die einmalige Gelegenheit, um diese faszinierende Stadt zu erleben.

Anton Warum sollte das eine einmalige Gelegenheit sein?

21 Sekunden später

Liv Ich werde so schnell nicht wieder nach New York kommen.

Anton Wenn die Reise Spaß macht, könnten wir noch mal hinfliegen.

Liv Wir zwei? Glaubst du nicht, dass Ela etwas dagegen hätte?

7 Sekunden später

Anton Auch wieder wahr, sie ist jetzt manchmal doch ein bisschen eifersüchtig. Titus wird auch nicht besonders begeistert sein – oder existiert Titus gar nicht mehr?

Liv Natürlich gibt es Titus noch.

Anton Na, so natürlich klang es das letzte Mal aber nicht.

Liv Es ist alles wieder gut.
Ich hatte einfach nur einen schlechten Tag. Es gibt so Tage, da läuft einfach alles schief, und dann möchte ich mich einfach nur in mein Bett verkriechen und die Welt draußen lassen. Und in der Stimmung bin ich vielleicht etwas unfair zu Titus gewesen, es ist aber wieder alles gut mit ihm.

Anton Du warst auch unfair zu mir.

Liv Vielleicht.

Anton Bei Titus hattest du, glaube ich, aber einen Moment der Erleuchtung. Der Typ scheint einfach nicht der Richtige für dich zu sein.

Liv ? Wo ist denn jetzt Anton, der Paartherapeut? Du wolltest uns doch verkuppeln und als Aushängeschild für deine Praxis verwenden?

Anton Hatte ich Paartherapeut gesagt? Ich meinte wohl eher Trennungsexperte! Willst du mit Titus hierfür mein erstes Erfolgspärchen werden?

11 Sekunden später

Liv Vergiss es!

Liv Aber danke fürs Zuhören, das hat mir gutgetan.

Anton Gern geschehen, das tun Tagebücher doch füreinander.

Liv Tagebücher, die gemeinsam nach New York fliegen?

Anton Yep.

Liv Willst du mir mein Flugticket dann vielleicht schon zuschicken?

Anton Du würdest mir deine Adresse geben?

Liv Es gibt auch Postfächer.

Anton Ne!

Liv Doch, die gibt es.

Anton Das Ne! bezog sich auch mehr aufs Zuschicken. Wer garantiert mir denn, dass du das Ticket nicht unter der Hand an Frau Lindmann aus Stuttgart verkaufst?

Liv Würdest du mir so was zutrauen?

Anton Sofort. Stell dir das doch vor: Nach wochenlanger digitaler Kommunikation freue ich mich darauf, dich endlich im Real Life kennenzulernen und das Bild in meinem Kopf mit dem echten zu vergleichen (in meinem Kopf hattest du zwischenzeitlich Elefantenfüße und eine Nase, die Pinocchio neidisch machen würde. Den Pferdearsch nicht zu vergessen). Und dann betrete ich breit grinsend das Flugzeug, steuere auf meinen Sitz A7 zu, und B7 ist schon besetzt, ich bin ganz nervös, endlich Liv Lindmann kennenzulernen, doch das Mädchen, das dort sitzt, hat mir den Rücken zugekehrt. Und es ist gar kein Mädchen, erkenne ich, als sie sich langsam und wie in einem Horrorfilm umdreht, es ist Olivia Lindmann aus Stuttgart, keine frische 43 mehr, sondern faltige 57. Sie lächelt ein zahnloses Lächeln, und mir wird bewusst, dass es sich bei »Schlaflos in Seattle« nicht um irgendeine Liebesschnulze handelt, sondern um einen ziemlich abgedrehten Zombiefilm.

5 Sekunden später

Liv Ich gebe zu, die Vorstellung hat ihren Reiz. Willst du mir das Ticket jetzt schicken?

Anton Niemals.

Liv Aber du magst Zombiefilme doch. Du könntest Olivia Lindmann in deinem Rattenaffenfilm mitspielen lassen.

Anton Keine schlechte Idee! Ich würde mir bei ihr die Kosten für den Maskenbildner sparen.

Liv Das ist gemein.

Anton Richtig. Und damit ich nicht gemein sein kann, schicke ich dir jetzt nicht das Ticket zu, damit DU nicht der Versuchung widerstehen musst, gemein zu sein. Wir werden uns kennenlernen, liebe Liv, das ist garantiert – denn du willst nach New York und ein großer Teil von dir ist auch auf mich gespannt. Das weiß ich einfach.

Liv Spannung wird überbewertet.

Anton Zählst du schon die Tage bis New York?

Liv Nein.

Anton Lügnerin.

Liv Okay, vielleicht sind es noch 18 Tage.

Anton Wusst ich's doch.

Liv Auch wenn du spontan sein möchtest, sollten wir einen Plan erstellen.

Anton Pläne werden überbewertet.

31 Sekunden später

Liv Meine Mutter ruft mich, ich muss los.

Anton Was macht ihr?

Liv Wir besprechen Jillys Geburtstagsparty.

Anton Wann hat sie denn Geburtstag?

Liv Nächste Woche.

Anton Gibt's ein Motto? (*Einhörner*, lieber Gott, lass es *Einhörner* sein!)

Liv Damit du einen blöden Witz über den PFVEK schieben kannst? (DAFÜR nimmst du Kontakt zu Gott auf?!)

Anton Genau! *Einhörner* *Einhörner* *Einhörner*

Liv Nein, Jilly steht nicht auf Einhörner.

Anton Worauf dann?

Liv Auf Drachen und Star Wars.

Anton Gutes Kind! Und sie möchte eine Motto-Party feiern?

Liv Ja, das hat sie sich tatsächlich gewünscht. Wir müssen jetzt einiges dafür basteln.

Anton Du solltest dir deine Schwester zum Vorbild nehmen! Die weiß, wie man Partys feiert!!
Und warum kauft ihr das ganze Zeug nicht einfach?

Liv Weil es a) viel persönlicher ist, die Sachen selbst zu machen, und b) weil nicht jeder sein Geld einfach zum Fenster rausschmeißt. Manche Leute müssen nämlich hart dafür arbeiten.

Anton Davon habe ich sogar schon gehört, ich dachte, es wären nur Gerüchte. Nein, Spaß beiseite, ich finde es echt cool, wenn du das für deine Schwester durchziehst. (Bastelst du dir auch eine Darth-Vader-Maske für das Flugzeug?)

Liv Meine Mutter war doch Darth Vader, Anton. Wenn schon, müsste ich mir eine Luke-Maske basteln. Aber gerade überlege ich, ob ich nicht eher DIR eine Maske bastle (ich denke an eine Hannibal-Lecter-Maske).

Anton Damit ich im Flugzeug nicht reden kann?

Liv Genau! So, ich muss jetzt echt los. Habe ich schon erwähnt, dass ich morgen zu Adele gehe??
#daslebenistschön
Bis später, Anton.

Anton Frohes Basteln! (Und vielleicht bastelst du DIR ja eine Adele-Maske fürs Flugzeug, aber ich fände Gigi Hadid besser ☺)

Dienstag, 16:47

Anton Also, was ist es geworden? Hannibal? Gigi? Eine Mischung aus beiden?

45 Minuten später

Anton Du musst es mir nicht schreiben, schick mir einfach ein Foto!

21 Minuten später

Liv Okay, hier hast du dein Foto.

2 Minuten später

Anton Sag mal, Liv, spinnst du jetzt?!

1 Minute später

Liv Du wolltest doch das Foto.

Anton Aber doch nicht so eines! Bist du das?

Liv Natürlich.

Anton Das ist doch lebensmüde! Du kannst doch nicht einfach auf dem Dach spazieren gehen und so ein beknacktes Selfie machen!

Liv Hör mal, Anton. Jetzt musst du dich entscheiden. Du wolltest ein Foto von mir, und du wolltest, dass ich mal spontan bin und was Verrücktes tue. Jetzt mache ich beides und du bist nicht zufrieden, fällt dir selber auf, oder?

Anton Hey, du hättest ausrutschen und bei dem beschissenen Selfie abkratzen können! Hast du sie eigentlich noch alle??

Liv Sagt der Typ, der wirklich jeden Spasso mitmacht und nichts auslässt.

Anton Das hier ist kein Spasso, Liv. Das ist lebensmüde und dumm. Das ist ein großer Unterschied.

Liv Jetzt reg dich ab, Anton. Immerhin hast du dein Foto bekommen.

Anton Ein Foto, auf dem du eine beschissene Luke-Maske trägst und auf dem Dachsims eines Hauses balancierst. So ein Foto wollte ich nicht, Liv.

Liv Man bekommt einfach nicht immer das, was man will.

Anton Checkst du selber, wie krank die Aktion war?

Liv Wenn ich so etwas mache, ist es krank, wenn du so etwas machst, ist es abgefahren und cool??

Anton Ich mache nichts, was mich ernsthaft in Gefahr bringt, dazu liebe ich mein Leben viel zu sehr.

Liv Vielleicht liebt nicht jeder sein Leben so wie du.

Anton Und das ist ein Grund, es sinnlos wegzuschmeißen, Liv? Willst du eine von denen sein, die in der Zeitung unter den dümmsten Unfällen der Welt stehen? Willst du eine von denen sein, die für ein Selfie alles tun? Das hat nichts mit Spontaneität zu tun.

Liv So eine bin ich nicht, Anton, das solltest du langsam wissen.

Anton Genau! So bist du nicht, warum ziehst du dann so eine Scheiße ab? Was ist passiert?

Liv Gar nichts.

Anton Das glaube ich dir nicht. Was ist los? Gab's wieder Trouble mit Titus? Hey, der Kerl ist echt nicht gut für dich!

Liv Es geht nicht um Titus.

Anton Um wen dann?

18 Sekunden später

Liv Meine Mutter.

Anton Was ist passiert?

Liv Ich muss heute zu Hause bleiben und auf meine Schwester aufpassen, weil sie zu einem wichtigen Geschäftsessen mit ihrem Chef muss. Hatte sie bloß vergessen, mir zu sagen.

5 Sekunden später

Anton Und du kannst nicht zu Adele.

Anton Kann sie keinen Babysitter organisieren?

Liv ICH bin der Babysitter.

Anton Aber es wird doch noch jemand anderen geben.

Liv Nein, es gibt nur mich.

Anton Liv.

Liv Ist auch egal.

Anton Nein, ist es nicht! Deine Mutter wird sich doch mal wie eine anständige Mutter benehmen können und dir auch mal ein bisschen Spaß gönnen. Bist du jetzt noch immer auf dem Dach oder schon wieder unten?

Liv Ich bin in meinem Zimmer.

Anton Und deine Mutter?

Liv Die ist gar nicht mehr heimgekommen von der Arbeit und wird bald auf dem Weg zum Flughafen sein.

Anton Dann ruf sie noch mal an.

Liv Das hat keinen Sinn, Anton. Außerdem spreche ich nicht mehr mit ihr. Wir haben uns angeschrien, laut und böse, und sie hat die Mutterkarte gezogen, und da habe ich keine Chance.

Anton Und wenn du einfach trotzdem gehst?

Liv Und Jilly allein lasse? Niemals.

Anton Und wenn ich auf Jilly aufpasse?

23 Sekunden später

Liv Das würdest du tun?

Anton	Klar. (Du kannst bei der Übergabe auch deine Luke-Maske tragen, wenn du möchtest.)
Liv	Danke, das ist echt nett von dir, aber ich werde schon ein anderes Mal zu Adele gehen können.
Anton	Ein anderes Mal zu Adele? Umsonst? Du kannst doch nicht alles in deinem Leben aufschieben, Liv. Tu es! #AntonisteinmegaBabysitter
Liv	Das kann ich nicht machen.
Anton	Doch, kannst du. Ich komme vorbei, Jilly und ich hocken uns auf die Couch, wir essen euren Schoko- und Chipsvorrat leer und putzen uns vor dem Schlafengehen auch nicht die Zähne.
Liv	Das würde dir ähnlich sehen.
Anton	Jilly würde mich sofort mögen.
Liv	Meine Schwester ist kritisch.
Anton	Mag sie denn Titus?
Liv	Natürlich.
Anton	Dann hat sie aber einen schlechten Geschmack bei Männern. Ihr alle eigentlich. Habt ihr den von eurer Mutter geerbt?

Liv Keine Ahnung, ich bin so genervt von ihr. Immer wieder hat sie diese Dates mit irgendwelchen Typen aus ihrer Firma, die sie alle nur als Aushängeschild verwenden, nicht mehr. Dieses Geschäftsessen ist bestimmt auch wieder so was, Abendunterhaltung inklusive und tschüss. Dass sie das nicht checkt.

Anton Das klingt ziemlich bescheuert.

Liv Ist es ja auch.

Anton Wann geht das Konzert los?

Liv Um 20.00 Uhr.

Anton Bis dahin schaffe ich es noch zu dir. Gibst du mir deine Adresse?

Liv Willst du jetzt echt nett und selbstlos sein, oder ist das doch nur der Versuch, mich schon vor New York kennenzulernen?

Anton Das würdest du MIR zutrauen?

Liv Sofort.

Anton Liv, wir sind jetzt doch schon einen Schritt weiter. Ich habe einen Teil deines Körpers gesehen.

Liv Wieso klingt das so anzüglich?

Anton Keine Ahnung, vielleicht, weil du es willst? ☺

Liv — Du hast mich in Jeans und in einem grauen Pulli gesehen. Und mit Luke-Maske.

Anton — Ja, aber mein geschultes Auge erkennt schon auf den ersten Blick, welches Potenzial hier vorhanden ist (sowohl bei deinem Körper als auch bei der Luke-Maske).
Also ich weiß jetzt: Du bist nicht fett, sondern siehst jetzt rein körpertechnisch ganz okay aus. Vielleicht auch besser als okay.

Liv — Das nenne ich mal ein Kompliment.

Anton — Hey, das sind schon Dinge, die ich als deine Reisebegleitung wissen sollte. Wenn du nämlich so richtig fett wärst, müsste ich doch eigentlich zwei Plätze im Flugzeug für dich reservieren.

Liv — Ein Glück, dass dir das erspart bleibt. (Ich bereue es jetzt schon, dir dieses Foto geschickt zu haben.)

Anton — Du solltest wohl eher bereuen, so ein Foto gemacht zu haben. Aber ich verzeihe dir, wenn du mir jetzt ein Foto ohne Maske schickst. (Und ohne Pullover, wenn du willst ☺).

Liv — Und wovon träumst du nachts?

Anton — Also, wann soll ich vorbeikommen?

Liv — Das geht nicht, Anton, und das weißt du. Wäre schön gewesen mit dem Konzert, aber es hat eben nicht sein sollen. Ich werde mir mit meiner Schwester meine Adele-CDs anhören, lauthals dazu mitsingen und mir vorstellen, dass ich im Konzert bin.

Anton Das ist traurig.

Liv So ist das eben.

Anton Okay, um acht Uhr?

Liv ?

Anton Liv, du kannst nicht alleine zu einem Offline-Konzert gehen. Ich komme mit.

Liv Wie stellst du dir das vor?

Anton Ganz einfach: Wir treffen uns um acht Uhr wieder und hören uns gemeinsam die neue CD von Adele an, während wir miteinander schreiben.

31 Sekunden später

Liv Aber das ist kein Date, oder?

Anton Wo denkst du hin, wir sind doch beide in festen Händen. Wir gehen einfach als Freunde auf ein imaginäres Konzert und genießen die Musik. Und unser Gespräch. Wenn wir uns schon so nicht treffen können, ist das doch eine gute Alternative. #ichbinsogenial

20 Sekunden später

Liv Okay, dann bis um acht.

Anton Zieh dir was Schönes an!

Liv Ich habe einen schönen Pyjama.

Anton Den rosa Schlafanzug mit den Einhörnern? Okay, der geht auch ☺

88 Minuten später

Liv Also, es ist jetzt 20.00 Uhr. Obwohl die Versuchung groß ist, habe ich die Musik noch nicht aufgedreht.

5 Minuten später

Liv Die Vorband spielt nicht mehr lange.

6 Minuten später

Liv Anton? Kommst du zu jeder Verabredung zu spät?

7 Minuten später

Liv Hallo? Hast du mich gerade echt versetzt? Wirklich?

11 Minuten später

Anton Hey, Liv. Sorry, es gab Zoff mit meinem Vater. Trägst du schon deinen rosafarbenen Anzug?

2 Minuten später

Liv Ja. Warum gab es Zoff?

Anton Egal.

Liv Sag schon.

Anton Immer noch egal.

Liv Immer noch sag schon.

Anton Okay. Ich wollte nur runter, um mir vor dem Offline-Konzert noch etwas zum Knabbern zu holen, und da kam ich an einem Gästezimmer vorbei, und mein Vater saß drinnen und hat telefoniert. Nicht mit normaler Stimme, mehr so ein Flüstern, ein verdammt heimliches, und als ich ihn darauf angesprochen habe, ist er total ausgerastet.

Liv Was hat er gesagt?

Anton Dass ich mich um meine eigenen Angelegenheiten kümmern soll, wenn ich zum Achtzehnten den Porsche haben möchte.

Liv Das hat er gesagt?

Anton Ja, und dann haben wir uns angeschrien, ich musste kurz raus und eine Runde um den Block laufen, um mich wieder abzukühlen.

Liv Nackt und mit Hund?

Anton ☺

Liv Wie geht es dir jetzt?

Anton Ganz okay.

4 Sekunden später

Anton Nein, nicht ganz okay. Es fühlt sich scheiße an, Liv. Er hat eine andere. Das wird meiner Mutter das Herz brechen, wenn sie es nicht schon weiß.

Liv Du weißt doch noch gar nicht, ob es wirklich so ist. Es könnte doch auch etwas anderes sein.

Anton Meinen Vater bringt so schnell nichts aus der Ruhe, Liv. Er ist Herzchirurg, es ist total wichtig, dass er seine Emotionen unter Kontrolle hat und ruhig bleibt. Aber heute hatte er nichts unter Kontrolle, hier geht irgendeine hässliche Sache ab.

Liv Aber es muss nicht gleich eine andere Frau sein. (Und wie ich von meiner Mutter weiß, trennen sich verheiratete Männer auch nicht so schnell.)

Anton Wenn er meine Mutter beschissen hat, dann sollen sie sich auf alle Fälle trennen, Liv. Dann will ich den Scheißkerl nicht mehr sehen, soll er sich seinen verfluchten Porsche sonst wo hinschieben.

Liv Hast du ihn direkt gefragt?

Anton Ob er eine Affäre hat?

Liv Genau.

Anton Nein, so weit sind wir nicht gekommen. Ich kam gar nicht mehr zu Wort. Es ging nur um das Telefonat und dass er Lauschen in seinem Haus nicht duldet, und dann ging es um meine Ausbildung und dass ich doch endlich wissen müsste, was ich nach der Schule machen will und den ganzen Scheiß. Er hat nur über mich gesprochen. Klar, er wollte von sich ablenken.

Liv Wirst du mit deiner Mutter darüber sprechen?

Anton Ich weiß es nicht.

Liv Vielleicht musst du einfach ein bisschen Zeit vergehen lassen, bis er sich wieder beruhigt hat. Vielleicht lässt er dich dann zu Wort kommen.

Anton Weißt du was, gerade kann mir der Typ so was von gestohlen bleiben. Ich will ihn gar nicht mehr sehen. Ich will überhaupt nicht mehr mit ihm reden.

Liv Soll ich dich jetzt auch in Ruhe lassen? Wollen wir vielleicht später reden?

Anton Und meinen Vater unser Offline-Konzert versauen lassen? Niemals!

Liv ☺

Anton Du lachst ja!

Liv Das kannst du gar nicht sehen.

Anton Liv, das ist dein erster Smiley, seit wir uns kennen.

Liv Das stimmt doch gar nicht.

Anton Doch. Scroll mal zurück.

Liv Nein, da brauche ich ja ewig.

Anton Also glaubst du mir?

Liv Vielleicht.

Anton Was verbirgt sich denn hinter deiner Emoticon-Abneigung? ☺ ☺ ☺ ☺ ☺

Liv Keine Ahnung, die Smileys sehen irgendwie gruselig aus. Außerdem erinnern sie mich an den roten Smiley, den der irre Psychopath in »The Mentalist« immer zeichnet, wenn er jemanden getötet hat.

Anton ☺ ☺ ☺ ☺ ☺ ☺ ☺ ☺ ☺ ☺ ☺ ☺ ☺ ☺ ☺ ☺ ☺ ☺ ☺

Liv Witzig! Ich wusste auch schon vor dem Smiley, dass du psychopathische Tendenzen hast!

Anton Und was noch?

Liv Wie bitte?

Anton Na, was deiner Meinung nach noch gegen den Einsatz von Emoticons spricht. Immerhin gibt es nicht nur den lachenden Smiley, und selbst wenn du den gruselig findest, könntest du doch noch die anderen einsetzen. (Wundert mich ja, dass du überhaupt bei dem Emoji-Gewinnspiel mitgemacht hast.)

Liv Ich halte einfach nicht viel von diesen Emoticons. Nimm z.B. mal den Zwinkersmiley, der wird doch oft nur eingesetzt, um sich zu verstecken, um gemeine Botschaften irgendwie halblustig zu verpacken.

Anton Finde ich auch ;)

Liv Ich finde dich toll ;)

Anton Ich weiß. DAS war jetzt nämlich kein verarschendes, sondern ein anzügliches Zwinkern. Ich sehe es direkt vor mir. Und noch besser würde ich es sehen, wenn du mir dazu dein Foto schicken würdest.

Liv Mach ich ;)

Anton DER war wirklich gemein!

Liv ☺☺☺☺☺☺☺☺☺☺☺☺☺☺☺☺☺☺

Anton Jetzt mag ich die Dinger auch nicht mehr, danke Liv!

Liv Gern geschehen!

Anton Hast du die Musik schon an?

Liv Nein, wir wollten sie doch gemeinsam hören. Hast du die CD parat?

Anton Ich hab mir das Album gerade runtergeladen. CDs sind doch old school.

Liv Nicht alle alten Sachen sind schlecht.

Anton Das ist jetzt aber keine Anspielung auf meinen Vater?

Liv Nein, dein Vater ist natürlich furchtbar. Bist du bereit, um zu starten?

Anton Klar. Los geht's!

20 Sekunden später

Liv Und?

Anton Was und?

Liv Na, wie du es findest?

Anton Adele eben.

Liv Das meinst du nicht ernst. Sie hat eine Wahnsinnsstimme, diese Kombination aus Schmerz und Hingabe.

Anton Wenn man auf Schmerz und Hingabe steht ;)

Liv	Es scheint bei ihr einfach nicht so vergänglich zu sein. Und oberflächlich.
Anton	Ist mir klar, dass dir das gefällt. Aber zugegeben, der James-Bond-Song war schon der Hammer.
Liv	Welchen James Bond findest du am besten?
Anton	Ich finde Daniel Craig sehr gut, aber Roger Moore aus den alten Filmen war auch nicht schlecht. Und du? Wie viele Filme hast du denn gesehen?
Liv	Alle.
Anton	Echt jetzt?
Liv	Klar. Warum überrascht dich das?
Anton	Vielleicht wegen dem Frauenbild? Ich dachte nicht, dass du damit klarkommst.
Liv	Das ist doch nur ein Film. Ich mag einfach James Bond und die Story dahinter, es ist spannend, cool, unterhaltsam … Vielleicht mag ich die Filme auch so gerne, weil ich sie immer mit meinem Vater angesehen habe.
Anton	Mein Vater und ich haben schon ewig keinen Film mehr zusammen geguckt.
Liv	Vielleicht macht ihr das wieder einmal?

Anton Mit diesem Verräter?

Liv Ich finde, du solltest mit ihm reden.

Anton Nein. (Ich glaube, ich muss einen anderen Song auswählen, das Lied verbreitet gerade eine depressive Stimmung.)

Liv Ich glaube nicht, dass es das Lied ist.

Anton Ich bin nicht depressiv.
Und ich klicke jetzt weiter zum nächsten Song.

Liv Das kannst du im Konzert auch nicht machen. »Adele, lass den Song weg, der ist zu depri, mach mal einen Track weiter.«

Anton Aber cool wäre es schon, wenn ich das könnte, oder? #adelehörtaufmich

Liv Du würdest riskieren, dass die Fans dich lynchen.
Wie schnell kannst du laufen?

Anton Sehr schnell.

Liv Der nächste Song müsste dir gefallen. Der ist etwas schneller.

Anton Du bist sicher eine, die sich immer die Texte anhört.

Liv Natürlich. Das ist total wichtig. Manche Songtexte sind wie Gedichte, reine Poesie. Sie handeln nicht nur von der Liebe, sondern von Gott und der Welt.

Anton Hast du einen Lieblingssong?

Liv Nicht wirklich, denn dazu gibt es einfach zu viele.
Du?

Anton Immer wieder mal. Eine Zeit lang gefällt mir ein Song sehr gut, dann ein anderer. Ich höre gerne Charts. Und manchmal singen meine Kumpels und ich auch ein paar Songs mit (vor allem beim Feiern).

Liv Das habe ich auf Instagram gesehen, deine Version von Ushers »Can't Stop Won't Stop« war auch gar nicht so übel.

Anton Danke, das Video haben die Jungs und ich zusammengeschnitten. Beachte meinen total coolen Gesichtsausdruck.
Es liegt mir einfach im Blut.

Liv Natürlich. Woher hast du eigentlich die Narbe über deiner Augenbraue?

Anton Von einem Konzert, bei dem ich Pink zugerufen habe, dass sie sich etwas beeilen soll.

Liv Und woher wirklich?

Anton Von einem Mädchen.

Liv Mit dem du auf einem Konzert warst?

Anton Nein, die Narbe ist uralt. Noch aus dem Sandkasten.

Liv Hat sie dich mit ihrer Schaufel verdroschen?

Anton Vielleicht.

Liv Nicht dein Ernst.

Anton Ich habe ihren Sandkuchen zertreten, falls du es genau wissen willst.

Liv Schwerer Fehler.

Anton Du sagst es. Hast du irgendwelche Narben?
(Außer den seelischen ;))

Liv Ich habe eine Blinddarmnarbe.

Anton Ist sie groß?

Liv Nein, nicht besonders.

Anton Du solltest mir ein Foto davon schicken. Damit ich das beurteilen kann.

Liv Mach ich gleich ;)

Anton Das ist noch immer fies, Liv!

Liv Also langsam kann ich den Zwinkersmileys etwas abgewinnen.

Anton Schön, dass ich sie dir nähergebracht habe.

Liv Wie findest du den Song, der jetzt läuft?

Anton Der ist schön.

Liv Finde ich auch.

Anton Das ist ein typischer Knutschsong.

Liv ?

Anton Na, so ruhig, romantisch.

Liv Und bei so einem Song beginnst du dann zu knutschen?

Anton Soll ich zu dir kommen? Damit wir es herausfinden?

Liv Okay.

10 Sekunden später

Anton Echt jetzt?

10 Sekunden später

Liv Glaubst du das wirklich?

Anton Nein, natürlich nicht! Außerdem weiß ich nicht, ob ich Lust hätte zu knutschen. Ich weiß ja immer noch nicht, wie du aussiehst.

5 Sekunden später

Liv Und wenn dir gefallen würde, was du siehst?

12 Sekunden später

Anton Selbst wenn es mir gefallen würde, würde es Ela nicht gefallen. Denn die ist in letzter Zeit nicht mehr so entspannt, wenn es um andere Mädels geht. Und du hast einen Freund. Und wir haben uns noch nie gesehen.

Liv Klar, war nur ein Scherz, Anton. Jetzt beruhige dich wieder.

Anton Du solltest doch wieder den Zwinkersmiley einsetzen, Liv. Hey, gerade ruft Ela an, ich gehe mal lieber ran (sie hat es anscheinend gespürt ;))

Liv War ja klar.

Anton Was meinst du damit?

Liv Nichts. Ruf Ela an. Dann besteht wenigstens keine Gefahr, dass du Adele dazu bringst, ein paar Lieder vorzuspulen.

Anton Okay, mach's gut!

Liv Tschüss.

Mittwoch, 18:29

Anton Hey, Liv was habe ich bei dem Konzert noch verpasst? Hat dich irgendein Typ angebaggert?
Ich hatte heute einen echt supergeilen Tag. Nicht nur, dass meine Haare heute besonders gut fallen und ich umwerfend aussehe (habe meine Schönheit zwei Stunden im Spiegel genossen), ich habe gerade eben mit meinem Vater gesprochen. Er ist doch tatsächlich auf mich zugekommen, als ich mir eine Pizza warm gemacht habe, und wollte mit mir reden. Und sich entschuldigen. Er hat mir erzählt, dass es gerade Stress in der Arbeit gibt, weil er eine Klage am Hals hat. Aber anscheinend hat er das heute gelöst, und er wollte meine Mutter und mich nicht beunruhigen, deswegen hat er nichts gesagt. Mein Vater ist kein besonders emotionaler Typ, aber du hättest ihn heute sehen müssen. Er war echt erleichtert, und es scheint, als hätte ihn das die ganzen letzten Wochen belastet. Also doch keine Affäre! #daslebenistsogeilwieich

29 Sekunden später

Anton Und schau dir das an:
»Herzlichen Glückwunsch, Sie haben gewonnen! Über 20 000 Personen haben bei unserem Emoji-Gewinnspiel teilgenommen, und Sie haben den Hauptpreis, ein neues iPad mit 128 GB gewonnen! Wir gratulieren und schicken Ihnen Ihren Gewinn in den nächsten Tagen per Post zu.«

34 Minuten später

Liv Schön, dass mit deinem Vater wieder alles in Ordnung ist.

Anton Ich bin auch froh. Wie war das Konzert?

Liv Gut, Adele hat super gesungen und kein Lied ausgelassen und ich war in guter Gesellschaft.

Anton Ist Titus noch vorbeigekommen?

Liv Nein, ich war allein.

Anton Ah, deswegen warst du nur in guter Gesellschaft. Was unternehmen wir morgen? Wollen wir vielleicht mal auf ein richtiges Konzert gehen?

Liv Klappt nicht.

Anton Ach, Liv, jetzt trau dich doch mal raus!

Liv Es liegt nicht daran. Ich habe Ausgehverbot.

Anton Wieso? Hast du schlecht gebabysittet? Ist deiner Schwester was passiert?

30 Sekunden später

Liv Nein, meine Mutter hat heute Morgen das Selfie entdeckt.

Anton Sie schaut sich deine Fotos an?

Liv Nein, eigentlich nicht. Sie wollte ein Foto von Jilly für die Geburtstagseinladung raussuchen und hat es dann gesehen.

Anton Und wie lange darfst du jetzt nicht raus?

Liv Keine Ahnung. Sie war total sauer, ausgerechnet sie, die neulich irgendwann total spät torkelnd nach Hause gekommen ist. Mit einer neuen Kette. Anscheinend interessiert sich ihr Chef nicht nur für ihre Ideen, sondern auch für mehr. Passiert nicht das erste Mal, trotzdem ist sie nachher jedes Mal überrascht, wenn sie wieder fallen gelassen wird. Sie sollte sich lieber selbst Ausgehverbot erteilen.

Anton Das ist echt scheiße.

Liv Ja, das ist es. Aber manchmal ist das Leben einfach scheiße.

Liv Aber das Gewinnspiel – ist das echt?

Anton Ja. (Ohne Zwinkersmiley.)

Liv Du hast wirklich gewonnen?

Anton Anscheinend bin ich einfach ein GLÜCKSKIND. Das Emoticon-Zählen hat sich wider Erwarten gelohnt. Wer hätte das gedacht!

Liv Und freust du dich?

Anton Na, ich hab ja schon ein iPad. Ich werde es also Ela schenken.

Liv Hat sie Geburtstag?

Anton Nein, einfach so.

Liv Du willst ihr einfach so ein iPad schenken?

Anton Ja, sie ist meine Freundin. Was spricht dagegen?

Liv Du kannst ihr doch nicht einfach so ein iPad schenken.

Anton Liv, du wiederholst dich. Warum kann ich das nicht?

Liv Na, weil es für sie aussehen wird, als würdest du sie kaufen wollen.

Anton HÄ?

Liv Sie wird glauben, dass sie dir im Gegenzug auch etwas geben muss.

Anton Wie kommst du denn auf den Schwachsinn? (Aber mir würde natürlich etwas einfallen, was sie mir im Gegenzug geben könnte ;))

Liv Genau! Du kannst sie doch nicht so unter Druck setzen.

Anton Jetzt mach mal halblang, Liv. Ich schenke Ela das iPad, weil ich sie mag – mehr nicht. Es ist nur ein iPad.

Liv Nur ein iPad? Das Ding kostet über 600 Euro.

Anton Na und?

Liv Das ist viel Geld, Anton, das kannst du doch nicht machen.

Anton Aber es ist nur Geld. Außerdem habe ich es einfach so gewonnen, ich muss ja nicht mal was dafür bezahlen. Also krieg dich wieder ein, Liv. Ich bin nicht wie einer von den Typen, auf die deine Mutter reinfällt. Ich erwarte nichts dafür.

Liv Lass meine Mutter da raus.

Anton Dann beruhige dich einfach. Ich habe auch meiner Ex eine Reise nach New York geschenkt, ohne etwas von ihr zu erwarten.

Anton Korrektur: Ich hatte doch etwas von ihr erwartet. Nämlich, dass sie mitkommt. Und? Sie hat es nicht getan, und die Welt dreht sich immer noch.

3 Minuten später

Anton Mann, Liv. Du bist doch jetzt etwa nicht sauer wegen dieser Sache? Es ist nur ein iPad, ein verdammtes iPad, und das Einzige, was ich erwarte, wenn ich es Ela schenke, ist – dass sie es benutzt. Mehr nicht.

7 Minuten später

Anton Okay, der Kommentar mit deiner Mutter war bescheuert. Aber ich kann es echt nicht ab, wenn du mich jetzt einfach in so eine Schublade packst. Ich mag Ela und ich möchte ihr einfach eine Freude machen. Sie hat kein iPad und ich hab doch eh genug – entspricht das nicht der totalen Liv-Philosophie? Zu teilen und auf andere Rücksicht zu nehmen? Ich mache doch nur das, was du die ganze Zeit von mir verlangst: etwas zu tun, ohne eine Gegenleistung zu erwarten.

3 Minuten später

Liv Es ist einfach so typisch, Anton. Du verträgst dich wieder mit deinem Vater und gewinnst dann auch noch das iPad, das du gar nicht brauchst. Dir fällt einfach alles im Leben zu, beim Skifahren verstauchst du dir nur den Fuß, während sich dein Freund die Hüfte bricht, deine Eltern werden sich nie scheiden lassen und sind einfach nur glücklich, dir fliegt einfach alles problemlos zu. Egal was du machst, anscheinend geht es immer gut.

Anton Und das wirfst du mir jetzt vor???

Liv Ich kann nur nicht glauben, dass du immer irgendwie davonkommst und alles gut für dich läuft, egal was du tust.

Anton Meine positive Energie kommt einfach zurück, vielleicht solltest du das auch mal probieren.

Liv Das ist keine positive Energie, das ist einfach nur ungerecht.

Anton Bist du etwa eifersüchtig auf mein Leben?

Liv Auf dein Leben? Niemals.

Anton Was soll das denn bitteschön heißen?

Liv Dass ich nicht mit dir tauschen möchte. Du lebst fernab von der Realität, Anton. Du hast keine Probleme und wirst auch nie verstehen, wie es ist, welche zu haben. Denn für dich verläuft immer alles so, wie du es möchtest. Wenn deine Freundin dich verlässt, dann machst du einfach weiter, kaufst dir eine neue, und nichts hat wirklich Wert für dich. Du kannst alles haben, alles, was du willst, und deswegen verlieren die Menschen und Sachen an Bedeutung, und du kannst nicht sehen, was wichtig ist und was nicht. Du weißt

Kleinigkeiten nicht zu schätzen, nimmst alles als Selbstverständlichkeit an. Und genau darum möchte ich nicht mit dir tauschen, Anton. Ich möchte mich an den kleinen Dingen erfreuen können, den Sachen, die für dich belanglos sind.

3 Minuten später

Anton Wirklich, Liv? So siehst du mich?

5 Minuten später

Anton Okay, dann werde ich deinem Bild gerecht. Und zwar werde ich mir jetzt eine neue Reisebegleitung kaufen, eine, die nicht mit ihren Vorurteilen herumwirft, eine, die verantwortungslos ist und die sich nicht vor der Außenwelt verkriecht.

Liv Gut, mach das. Mir ist sowieso die Lust vergangen, mit einem grinsenden Anton durch New York zu spazieren.

Anton Der grinsende Anton läuft auch lieber mit einem grinsenden Mädchen durch die Gegend. Leb wohl, Negativ-Liv!

1 Woche später

Liv Ich habe lange überlegt, ob ich dir überhaupt schreiben soll. Aber ich muss dir schreiben, denn sonst bringen mich meine Gedanken noch um. Es ist furchtbar, wenn alles nur noch um eines kreist, und

dieses eine bist aktuell du, Anton. Ich weiß, dass ich das letzte Mal überreagiert habe, es war wie eine Fehlzündung, die da in mir hochgegangen ist, ein wunder Punkt, der mich Amok hat laufen lassen.
Ich schreibe dir jetzt nicht, weil ich nach New York möchte, sondern weil du recht hast.
Ich beneide dich. Ich beneide dich nicht um alles, aber ich hätte auch gern eine Familie, die funktioniert, und würde auch gern mit so einer Leichtigkeit durchs Leben gehen wie du, so als könnte mir nichts passieren und als würde hinter jeder Ecke eine neue, gute Überraschung auf mich warten. Irgendwie habe ich gelernt, dass Überraschungen nicht gut sind, aber das ist Blödsinn, denn nur weil etwas in der Vergangenheit nicht funktioniert hat, muss das doch nicht auf die Zukunft zutreffen.
Manchmal träume ich davon, einfach aufzustehen und wegzugehen, weit weg von alldem hier, aber das kann ich nicht. Ich kann Jilly nicht allein lassen, ich muss für sie da sein, ich kann sie doch nicht im Stich lassen. Vor ein paar Jahren, Jilly war noch klein, habe ich sie im Wohnzimmer auf der Couch allein gelassen und in meinem Zimmer mit einer Freundin telefoniert, wir haben einfach nur herumgealbert. Dabei hab ich Jilly total vergessen. Auf einmal hat sie geschrien, weil sie vom Sofa gefallen ist – sie hat sich am Tisch den Kopf angestoßen und hat bitterlich geweint. Anton, ich hatte so ein schlechtes Gewissen, als ich sie in den Armen hielt. Aber sie hat mich dann nur angelächelt, und dieser Moment war einer der schönsten in meinem ganzen Leben. Vielleicht kannst du das nicht nachvollziehen, aber Jilly nimmt mich einfach so, wie

ich bin. Da muss ich mich nicht verstellen und jemand sein, der ich nicht bin, sie akzeptiert mich einfach so. Und vielleicht macht mir das bei dir gerade auch Angst. Dass du mich irgendwie auch so akzeptierst, wie ich bin. (Solange ich nicht gerade Amok laufe.) Aber ich lass dich jetzt, denn ich verstehe, wenn du mit einer leichteren Olivia nach New York reisen möchtest, mit einer, die nicht so kompliziert ist, deren Leben einfacher und unterhaltsamer ist. Tu das. Würde ich auch tun an deiner Stelle.

13 Minuten später

Anton Einer leichteren Olivia? Also bist du doch fett? (Dann war das Foto also ein Fake??)

30 Sekunden später

Liv Ich meinte unbeschwerter. Danke, dass du noch mit mir sprichst.

3 Minuten später

Anton Klar. Aber ich musste kurz überlegen.

Liv Verstehe ich. Es tut mir leid, Anton.

21 Sekunden später

Anton Mich wirst du eben nicht so schnell los.

Liv Drohung oder Versprechen?

2 Minuten später

Anton Beides, Liv. Auch wenn ich allen Grund dazu hätte, dich zu ignorieren, so wie du letztens abgegangen bist. Aber ich bin eben voll tolerant.

Liv Das bist du. Wirklich.

55 Sekunden später

Anton Mann, du hast ja wirklich ein schlechtes Gewissen.

Liv Ja, hab ich.

Anton Du könntest deine Gewissensbisse verkleinern, indem du mir einfach ein Foto mit Kopf schickst (also ein Foto mit deinem Kopf, nicht irgendeinem anderen).

Liv So groß ist mein schlechtes Gewissen nun auch wieder nicht.

Anton Sicher?

Liv Ganz sicher.

Anton Dann lass uns skypen.

Liv Klar.

Anton Und da ist sie wieder, die alte Liv! Ich höre den Sarkasmus in deiner Stimme, obwohl ich deine

Stimme noch nie gehört habe. Warum eigentlich nicht, Liv?

Liv Warum du meine Stimme noch nie gehört hast?

Anton Genau. Willst du das ändern? Soll ich dich jetzt gleich anrufen?

30 Sekunden später

Liv Besser nicht.

Anton Wieso? Hörst du dich an wie Udo Lindenberg?

Liv Ich glaube nicht.

Anton Ist deine Stimme dann vielleicht schrecklich hoch, schrill oder verrucht?

Liv Sie ist weder schrecklich hoch noch schrill oder verrucht. Aber wenn wir uns schon kennenlernen, dann lieber ganz.

Anton GANZ? Das gefällt mir ☺ Wann. Morgen?

Liv Im Flieger.

Anton Warte mal.

2 Minuten später

Anton Der nächste Flieger nach New York geht in zwei Stunden. Bereit?

Liv Das ist nicht dein Ernst.

Anton Warum nicht? Wir kaufen uns einfach zwei neue Tickets und heben gemeinsam ab. Das wäre doch superspontan, Liv.

Liv Hast du vergessen, dass wir morgen beide Schule haben?

Anton Okaaaaaay. Dass du immer mit diesen fiesen Argumenten um die Ecke kommen musst.

Liv Ja, ich weiß. Ist echt ekelhaft.

Anton Ich sollte doch lieber mit einer unterhaltsameren Liv nach New York fliegen.

Liv Mit welcher? Der Schlaflos-in-Seattle-Dame oder der Selbstmörderin?

Anton Ich bin mir noch nicht sicher, welche unterhaltsamer ist.

Liv Ist auch eine schwierige Entscheidung.

Anton Du sagst es! Aber sag, läufst du wieder Amok, wenn ich mich entscheide, eine andere mitzunehmen? #mussichangstvordirhaben

Liv	Nein, Anton, versprochen. Es ist deine Entscheidung, und ich will auch nicht, dass du mich aus Mitleid mitnimmst.

Anton	Ich habe höchstens Mitleid mit dir, weil du mich noch nicht im Real Life getroffen hast.
Liv, alles gut. Du kannst mich nicht von etwas überzeugen, das ich nicht möchte. Denn ich bin wirklich ein kleiner Egoist (nur ein ganz kleiner, alles andere ist natürlich RIESIG an mir). Wenn ich keinen Bock hätte, mit dir durch New York zu ziehen, dann würde ich es auch nicht tun. Aber irgendwie habe ich Bock, dich in echt kennenzulernen (auch wenn das Körperfoto ein Fake ist und du total fett bist). Und außerdem rede ich gerne mit dir.

Liv	Ich mag es auch, mich mit dir zu unterhalten.

Anton	Im Real Life bin ich aber NOCH besser, Liv!

Liv	Das glaube ich nicht.

Anton	Warum?

Liv	Wenn wir schreiben, dann sind da nur wir zwei mit unseren Gedanken, und ich habe langsam das Gefühl, dich wirklich zu kennen.

Anton	Genug, um mich auch schon vorher zu treffen?

Liv	Vielleicht.

Anton Liv, spiel nicht mit meinen Gefühlen!!

Liv Lass uns einfach mal sehen, okay?

Anton Wir könnten uns in einem Café treffen, ganz unverfänglich.

Liv Nur wir zwei oder wieder dein Viererdate?

Anton Das würde höchstens ein Dreierdate werden.

Liv Wieso?

50 Sekunden später

Anton Ela und ich haben Schluss gemacht.

29 Sekunden später

Liv Was? Wieso?

Anton Es hat einfach nicht gepasst.

Liv Aber du warst doch so happy mit ihr?

Anton Irgendwie doch nicht.

Liv Was heißt das?

Anton Ach, Liv. Keine Ahnung. Es war schon nett mit ihr, aber so richtig BOOM hat es dann doch nicht gemacht.

Liv	Wann habt ihr Schluss gemacht?

Anton	Vor zwei Tagen.

Liv	Und wer hat Schluss gemacht?

Anton	Ich.

Liv	Weil es nicht BOOM gemacht hat?

Anton	Ja, und weil sich unsere Gespräche einfach immer um dieselben Sachen gedreht haben, ohne irgendwie tiefer zu gehen. Ich will nicht nur Leute um mich, die alles, was ich mache, einfach nur geil finden, egal wie scheiße es ist. Und es ist auch ganz nett, wenn mal jemand anderes was vorschlägt, nicht immer nur ich. Ich würde sogar mit dir in diese drei Museen gehen.

17 Sekunden später

Liv	Wirklich?

Anton	Ganz wirklich.

Liv	Echt jetzt?

Anton	Echt.

Liv	Meinst du das ernst?

Anton	Natürlich nicht.

5 Sekunden später

Anton War nur ein Scherz, Liv! Ich möchte wirklich mit dir in die Museen. Ich hab sie mir sogar im Netz angesehen, und da hängen ja echt viele Bilder von verdammt berühmten Künstlern.

Liv Und welcher gefällt dir besonders?

Anton Bin bei der »Beständigkeit der Erinnerung« von Salvador Dalí hängen geblieben.

Liv Du magst Dalí?

Anton Jetzt schon. Besonders gut finde ich sein Werk »Der große Masturbator«.

Liv Ich wusste doch, dass du mich verarschst.

Anton Nein, tue ich nicht Liv. Ich finde »Die Beständigkeit der Erinnerung« wirklich gut.

Liv Warum?

Anton Das müsstest du doch wissen, Liv. Das Bild entspricht doch total meiner Lebensphilosophie. Carpe diem, nutze den Moment – denn die Zeit ist verdammt vergänglich. Und nicht nur die Zeit, sondern auch das Leben.

Liv Du verbringst wirklich zu viel Zeit mit mir.

Anton Bin ich dir schon zu anspruchsvoll?

Liv Ich glaube, es geht grade noch.

Anton Du kannst es ruhig sagen. Ich kann auch einfacher und langsamer schreiben, wenn es dir lieber ist. #antontotaltiefsinnig

Liv Wie rücksichtsvoll von dir.

Anton So bin ich eben.

Liv Wie hat Ela die Trennung aufgenommen?

Anton Nicht so gut.

Liv Was heißt das? Wie ist es abgelaufen?

Anton Wir waren Pizza essen, und ich hab ihr gesagt, dass das mit uns nicht funktioniert.

Liv Und?

Anton Zuerst hatte sie Tränen in den Augen, dann hat sie mir vorgeworfen, dass ich eine andere hätte und dass die es noch bereuen würde, und dann ist sie einfach aufgestanden und rausgerannt.

Liv Und?

Anton Ich bin ihr natürlich hinterher, aber sie wollte nicht mit mir sprechen. Kann ich auch verstehen.

Ist natürlich scheiße, wenn jemand mit dir Schluss macht.

Liv Ja, das ist es.

Anton Hat denn schon mal jemand mit dir Schluss gemacht?

Liv Im Kindergarten wollte Felix König nicht mehr mein Freund sein. Gilt das?

Anton Und sonst?

Liv Sonst habe ich es, glaube ich, einfach nicht so weit kommen lassen.

Anton Du warst vor Titus mit niemandem zusammen?

Liv Das meinte ich nicht.

Anton Was dann?

Liv Ich habe einfach vorher Schluss gemacht.

Anton Du bist eine Schlussmacherin?! #livknallhart

Liv So einfach ist das nicht. Es hat mir auch nie Spaß gemacht.

Anton Es ist echt beschissen, wenn man Schluss macht, aber noch beschissener ist es, wenn jemand anderer mit einem Schluss macht.

Liv Ist dir das denn schon so oft passiert?

Anton Wo denkst du hin? Natürlich nicht.
Nur mit Olivia.

Liv Und wie war das?

Anton Scheiße.

Liv Geht's noch ausführlicher?

Anton Was soll ich sagen, Liv? Es fühlt sich verdammt bescheuert an, wenn jemand mit dir Schluss macht, weil es einfach nicht für ihn passt. Es tut mir auch echt leid für Ela, aber das Gefühl, dass es nicht passt, hat mich die letzten zwei Wochen begleitet und einfach nicht mehr losgelassen. Es war schön mit ihr, keine Frage, aber reicht das? Immerhin ist die Zeit vergänglich und es ist auch nicht fair ihr gegenüber.

2 Minuten später

Anton Liv, bist du noch da?

1 Minute später

Liv Ja, es tut mir leid. Meine Mutter wollte nur kurz mit mir sprechen.

Anton Geht sie wieder weg?

Liv Sie hat eine Firmenveranstaltung.

Anton Und du musst auf Jilly aufpassen?

Liv Das ist schon okay. Sie ist immer noch ganz aufgekratzt von ihrer Geburtstagsparty.

Anton Ach ja, wann war die denn?

Liv Gestern.

Anton Und? Wie war's?

Liv Es war ein voller Erfolg. Meine Mutter hat Jilly einen Schokokuchen gebacken und ich habe mit Marzipan ein paar Star-Wars-Figuren nachgeformt.

Anton Das kannst du?

Liv Darth Vader ist mir wirklich ganz gut gelungen. Und der Rest war mit ein wenig Fantasie auch erkennbar. Zum Glück hatten die Kids total viel Fantasie. Wir haben auch eine Schatzsuche gemacht, und Jilly ist noch immer so happy mit ihren Geschenken. Jetzt rennt sie die ganze Zeit mit ihrem Laserschwert rum.

Anton Jilly gefällt mir.

Liv Weil sie Star Wars mag?

Anton Das ist doch irgendwie cool.

Liv Sie ist auch verdammt cool.

Anton Ich sollte sie bald mal kennenlernen.

Liv Damit du sie nach einem Foto von mir fragen kannst?

Anton Das würde ich nie tun! Was denkst du von mir?! (Ich würde sie nicht nach einem, sondern gleich nach ein paar Fotos fragen.)

Liv Gerissen.

Liv Aber du wirst Jilly erst nach New York kennenlernen, frühestens!

Anton Warte mal. Ela meldet sich gerade. Da muss ich irgendwie rangehen.

Liv Okay, lass uns einfach ein anderes Mal weitersprechen.

Anton Yep, machen wir!

Donnerstag, 22:49

Anton Liv, bist du noch wach?

Liv Ja, bin ich. Wie war gestern dein Gespräch mit Ela?

Anton Eigenartig.

Liv Eigenartig gut oder eigenartig schlecht?

Anton Es war seltsam. Am Anfang hat sie getan, als wäre alles okay, als hätten wir gar nicht Schluss gemacht.

Und dann hat sie mir plötzlich viele eigenartige Fragen gestellt, auch über dich.

Liv Wieso über mich? Hat sie mitbekommen, dass wir chatten?

Anton Ja, hat sie, aber sie war da eigentlich immer ganz cool. Bis jetzt zumindest. Denn bei unserem Gespräch wurde sie irgendwann wütend und hat dann einfach aufgelegt. Das war ganz schön verrückt.

Liv Sie muss ziemlich fertig sein.

Anton Ist sie. Aber das war nicht das einzige Seltsame heute. Irgendwie ist seit ihrem Anruf nur noch seltsames Zeug passiert.

Liv Was genau?

Anton Ich habe einen Ausschlag am Unterarm, anscheinend irgendeine allergische Reaktion.

Liv Auf das Schlussmachen?

Anton Vielleicht, keine Ahnung.

Liv Und?

Anton Und was?

Liv Was sonst noch Seltsames passiert ist außer dem Ausschlag?

Anton Ach, meine Mutter und mein Vater wollen ihren Hochzeitstag groß feiern, obwohl es gar kein runder ist. Und Piet versucht, sein Gambling-Problem in den Griff zu bekommen, und zockt jetzt nicht mehr mit uns, und dann …

Liv Das ist doch alles gut. Und was war jetzt seltsam? Du machst es ja spannend.

Anton Ich war heute Nachmittag in einem Café, um mich mit Piet zu treffen. Irgend so ein alternativer Laden, den ich noch nicht kannte.

Anton Und dort habe ich Olivia gesehen.

Liv Oh.

Anton Du sagst es.

Liv Und … wie war es?

Anton Seltsam (wie der verdammte Tag).

Liv Wie hat sie reagiert?

Anton Gar nicht.

Liv Sie hat dich ignoriert?

Anton Sie hat in dem Lokal gekellnert.

Liv Sie hat in dem Lokal gekellnert und dich ignoriert?

Anton Nein, sie hat die anderen Tische bedient. Sie hat mich wahrscheinlich nicht mal gesehen.

19 Sekunden später

Liv Ist sie denn der Typ, der dich nicht sieht?

Anton Wie meinst du das?

Liv Na, wie ist Olivia so? Ist sie eher eine oberflächliche Tussi, die sich nur für sich selbst interessiert und der außerhalb eines Einmeterradius um sie herum nichts auffällt, oder ist sie eher der Typ, der dich doch bemerken würde?

Anton Ehrlich, ich weiß es nicht Liv. Sie ist recht zurückhaltend, was Informationen zu ihrer Person anbelangt. Ich wusste ja nicht mal, dass sie kellnert. Aber ich weiß, dass sie immer noch wunderschön ist und wie ein Engel aussieht. Und dass sie immer noch total gut riecht.

Liv Du hast sie gerochen?

Anton Sie ist an mir vorbeigegangen, ich war gerade in die Speisekarte vertieft, da habe ich auf einmal ihren Duft gerochen, der ist irgendwie einzigartig.

31 Sekunden später

Liv Hast du ihr das jemals gesagt?

Anton Nein.

23 Sekunden später

Liv Vielleicht hättest du ihr das mal sagen sollen.

Anton Vielleicht. Vielleicht hätte ich auch noch viel mehr tun sollen.

Liv Wie meinst du das?

Anton Keine Ahnung, irgendwie habe ich das Gefühl, dass ich was verpasst habe. Ich dachte, dass wir zusammen waren, aber wenn ich jetzt darüber nachdenke, dann weiß ich nicht, ob wir es wirklich waren.

21 Sekunden später

Liv Was meinst du damit?

Anton Vielleicht habe ich den Anfang einfach falsch gedeutet. Als Olivia auf der Party von einem Freund aufgetaucht ist, das war … ich war einfach hin und weg. Sie hat so klasse ausgesehen, mit ihren langen blonden Haaren und diesen unglaublichen blauen Augen, bei denen du einfach nicht wegsehen kannst. Und dann haben alle außer ihr Tequila getrunken, und wir haben Flaschendrehen gespielt und ich hab sie blöd angequatscht und meinte, sie traut sich sowieso nicht, was zu machen. Keine Ahnung, ich war schon ziemlich zu, aber als Olivia die Wahl hatte zwischen Wahrheit »Was hast du gestern Abend gemacht?« und Pflicht »Küsse einen Typen«, da hat sie mich einfach geküsst, Liv. Ich war total geflasht, hab aber versucht, mir nichts anmerken zu lassen, aber für mich war das irgendwie der Startschuss. Ich hab ihre Nummer rausbekommen, hab sie angetextet, wir sind ausgegangen, ich hab ihr ein paar Sachen geschenkt, war nett zu ihr, und irgendwann dachte ich, dass wir zusammen sind. Aber vielleicht waren wir das in ihren Augen gar nicht, verstehst du? Vielleicht wollte ich es einfach und sie war gar nicht dabei. Ich war so stolz darauf, mit ihr zusammen zu sein, dass ich immer wieder vor meinen Kumpels mit ihr angegeben habe, aber wirklich tiefe Gespräche haben wir nicht geführt, nicht so wie wir. Ich war auch kein einziges Mal bei ihr zu Hause.

20 Sekunden später

Liv Stehst du immer noch auf sie?

11 Sekunden später

Anton Nein, darum geht es ja gar nicht. Das Treffen mit ihr hat mich einfach aus der Bahn geworfen. Vielleicht auch wegen Ela, zuerst das seltsame Gespräch mit ihr gestern, dann das Aufeinandertreffen mit Olivia – das war schon ein bisschen heftig alles.

Liv Warum hast du sie denn nicht angesprochen?

Anton Olivia?

Liv Nein, die Queen.

Anton Wieso hätte ich sie denn ansprechen sollen?

Liv Immerhin wart ihr mal zusammen.

Anton Ich und die Queen? DAS wüsste ich!

Liv Sei doch mal ernst.

7 Sekunden später

Anton Okay. Warum ich sie nicht angesprochen habe? Warum sollte ich? Olivia hat mich schließlich auch nicht angesprochen.

Liv Vielleicht hat sie dich tatsächlich nicht gesehen?

Anton Dann würde sie in deinen Augen zu den oberflächlichen Tussis gehören, und in dem Fall sollte ich mich deiner Meinung nach vermutlich gar nicht mit ihr unterhalten, oder?

Liv Jetzt steckst DU mich aber in eine Schublade, Anton. Ich urteile nicht so schnell über Menschen, wie du meinst, und vielleicht hat sie dich tatsächlich gesehen, als du da in dem Café warst, aber womöglich hat sie sich auch nicht getraut, dich anzusprechen.

Anton Was heißt hier auch?

Liv Du hast sie doch auch nicht angesprochen, oder?

Anton Ja, aber vielleicht wollte ich nicht.

Liv Wolltest du wirklich nicht?

Anton Du fängst mal wieder an zu nerven.

Liv Du weichst mir aus.

Anton Es war einfach SELTSAM, Liv, ich kann es auch nicht so recht beschreiben. Aber es ist auch egal, das mit ihr und mir ist aus – egal was mit Ela in der Zwischenzeit abgelaufen ist. Um die solltest du dir mehr Gedanken machen. #hastduschonangst?

Liv Warum sollte ich mir über Ela mehr Gedanken machen?

Anton Sie interessiert sich sehr für dich.

Liv Und was will sie machen? Sie kennt mich doch gar nicht.

Anton Sie hat unsere Chatverläufe gelesen.

Liv WIE BITTE?

Anton Vorige Woche hat sie die drei Museen in New York erwähnt, da habe ich mir noch nichts dabei gedacht, und dann ist ihr irgendwann was über das iPad rausgerutscht (von dem ich ihr garantiert vorher nichts erzählt hatte), da wusste ich, dass sie was von uns gelesen haben muss.

Liv Und das erzählst du mir erst jetzt?

Anton Hey, Liv, nur ruhig. Ela ist gerade einfach wütend und schlägt jetzt um sich. Ich finde es auch nicht prickelnd, dass sie unser Zeug liest. Aber was soll sie damit schon anstellen?

Liv Keine Ahnung, manche sind da erfinderisch.

Anton Hast du etwa Angst, dass sie dich irgendwie ausfindig macht und dir dann auflauert? ☺

Liv Vielleicht.

Anton Das würde sie nicht tun.

Liv Genauso wie sie nicht deine Unterhaltungen lesen würde?

Anton Das ist doch was anderes. Jetzt tick nicht gleich aus. Ich hab nicht mehr über dich herausgefunden, als du preisgeben wolltest, und bei Ela wird auch nicht mehr herauskommen. Die dreht gerade einfach ab und wird sich schon bald wieder beruhigen.

Liv Das hoffe ich, ich finde so etwas einfach unterirdisch. Unsere Gespräche sind privat, die gehen niemanden etwas an, Anton.

Anton Klar, aber Ela wird schon bald drüber weg sein und dann interessieren sie unsere Gespräche auch nicht mehr. Vielleicht sollten wir sie mit Titus verkuppeln?

Liv Du willst sie mit meinem Freund zusammenbringen?

Anton Schließlich scheint der Typ auch einen Schuss zu haben.

Liv Das habe ich nie gesagt!

Anton Ich kann zwischen den Zeilen lesen, Liv.

Liv Du solltest wohl eher DIE Zeilen lesen: Lass Titus aus dem Spiel!

Anton Wieso?

Liv Weil wir zusammen sind?

Anton Seid ihr das wirklich?

33 Sekunden später

Liv Was ist denn das für eine Frage?

Anton Du hast gezögert!

Liv Unsinn. Mit Titus ist alles okay.

Anton Und okay reicht dir? Wie oft seht ihr euch? Und was macht ihr, wenn ihr euch seht? Immer schön mit seinen Kumpels treffen?

Liv Woher kommt dieses plötzliche Interesse an Titus?

Anton Nur so.

Liv Was, nur so?

Anton Ich glaube nicht, dass du glücklich mit ihm bist. Er kommt mir wie ein Geist vor.

Liv Zuerst ein Hobbit, jetzt ein Geist? Du musst dich schon mal entscheiden.

Anton Ist egal. Titus interessiert mich nicht wirklich. Seit ich Olivia heute gesehen habe … Das hat mich einfach zum Nachdenken gebracht.

Liv Zum Nachdenken gebracht?

Anton Ja.

Liv Worüber?

Anton Über das, was passiert ist. Keine Ahnung, Liv. Vielleicht liegt es daran, dass gerade mit Ela Schluss ist und mir jetzt ausgerechnet Olivia begegnet, aber irgendwie musste ich seit heute Nachmittag über alles nachdenken.

Liv Und was genau denkst du?

Anton Dass das damals ziemlich schräg abgelaufen ist.

59 Sekunden später

Liv Was ist denn aus deiner Sicht schräg abgelaufen?

43 Sekunden später

Anton Die Art, wie es auseinanderging. Ich hatte damals einfach nicht damit gerechnet, dass sie mit mir Schluss machen würde. Das kam aus heiterem Himmel und hat mich gerade deshalb umso mehr getroffen. Ich hatte Olivia überraschen wollen mit der Reise nach New York, und als ich ihr das Ticket überreichte, hat sie mich ganz seltsam angesehen. Einfach nur angesehen, richtig leer, Liv. Ich hatte Freude erwartet, aber in ihrem Blick lag etwas völlig anderes. Es sah beinahe aus wie Enttäuschung, das muss man sich mal vorstellen. Enttäuschung, dass ich ihr so ein Geschenk gemacht habe, und vielleicht hast du recht – vielleicht habe ich sie damit auch überrumpelt. Vielleicht findet sie New York schrecklich und hat eine totale Phobie, und ich habe mich vorher nicht bemüht, genügend über Olivia und ihre Ängste zu erfahren – obwohl wir doch schon ein paar Wochen zusammen waren. Aber damals war ich sauer, ich war so verdammt wütend. Olivia hat mich ohne Grund abserviert, und sie hat mir auch keine Erklärung gegeben, null, sie sagte nur: »Das mit uns funktioniert nicht« – und dann ist sie gegangen.

Und es war aus.

Das war einfach nur scheiße, Liv.

1 Minute später

Anton Liv – bist du noch da?

2 Minuten später

Anton Liv? Immerhin weißt du jetzt endlich, was zwischen Olivia und mir vorgefallen ist. Keine Ahnung, warum das gerade so rausgebrochen ist.

20 Sekunden später

Liv Sorry, Anton, das war nur meine Mutter.

Anton Alles okay?

Liv Ja, klar. Das mit Olivia tut mir leid. Es hört sich traurig an.

Anton Ja, irgendwie macht es mich auch immer noch traurig. Aber es hat auch sein Gutes, oder? Denn wenn Olivia nicht mit mir Schluss gemacht hätte, dann hätte ich nicht auf Instagram das Ticket verschenkt und dann wären wir uns nie über den Weg gelaufen, Liv.
Und ich bin froh, dir über den Weg gelaufen zu sein.

7 Sekunden später

Liv Das bin ich auch, Anton.

5 Sekunden später

Anton So, jetzt reicht's aber mit den Nettigkeiten. Da wir jetzt beide so froh sind, uns über den Weg gelaufen zu sein, lass uns doch mal in echt über den Weg laufen, Liv. Ich will einfach mit dir reden, will dein Lachen hören, will den Ausdruck in deinem Gesicht sehen, wenn du einen sarkastischen Spruch ablässt. Ich will mit dir nach New York fliegen, Liv, auch wenn du schwerer bist als Jabba de Hut, und sogar wenn du hässlicher bist als die Rattenaffen (und DIE sind verdammt hässlich). Ich will dich einfach endlich in Natura kennenlernen, Liv!

Liv Ich kann nicht.

Anton Warum nicht? Hast du immer noch Ausgehverbot?

Liv Nein, daran liegt es nicht.

Anton Woran dann?

22 Sekunden später

Anton Liv? Raus mit der Sprache!

8 Sekunden später

Anton Jetzt sag schon.

Liv Es liegt an Titus, okay?

17 Sekunden später

Anton Warum habe ich das Gefühl, dass du den Typen nur vorschiebst?

Liv Das tu ich nicht.

Anton Was soll also mit Titus sein?

Liv Er ist eifersüchtig.

Anton Ich-kümmere-mich-nicht-und-hänge-lieber-mit-meinen-Freunden-beim-Verein-ab ist eifersüchtig? Sicher, dass du das eben nicht erfunden hast, weil du Schiss hast?

Liv Warum drängst du so auf ein Treffen? Wir sehen uns doch im Flugzeug, reicht das denn nicht?

Anton Nein, Liv. Ich will unsere Gespräche nicht immer über die Tastatur führen, ich will sie in echt erleben – du warst doch der absolute Fan von echt und real und anti-perfekt. Das, was wir hier teilen, sind Worte, und die sind ziemlich gut, aber vielleicht sind sie nicht wahr?
Wer gibt dir denn die Garantie, dass du mich hier total authentisch erlebst? Willst du mich nicht in allem erleben, wenn ich das sage, mit meinem Gesicht und meiner Stimme dazu?

Liv Wer sagt denn, dass ich im realen Leben Lüge von Wahrheit unterscheiden kann?

Anton Ach, das könntest du, Liv. Du spürst doch auch schon hier jede Kleinigkeit auf, jedes Details, das ich auslassen möchte, erschnüffelst du, und dann tackerst du mich fest und willst in deiner Liv-Art alles wissen und bist auch erst zufrieden, wenn du alles weißt.

Liv So bin ich gar nicht.

Anton Doch! Ich sollte mir eher Sorgen machen, ob du mir immer die Wahrheit erzählst. Obwohl ich natürlich mega-intelligent bin, könntest du mir sicher einen Bären aufbinden.

Liv Glaubst du das denn?

Anton Dass du mir einen Bären aufbindest?

Anton Bindest du mir etwa einen Bären auf? Lügst du mich an, Liv, und bist in Wirklichkeit ein achtzigjähriger Mann? Bist du Oliver? Wenn ja, dann ist jetzt der Moment, es zu gestehen!

Liv Ich bin nicht Oliver.

Anton Da bin ich aber ERLEICHTERT.

Liv Wieso? Würdest du mit einem Mann nicht nach New York fliegen?

Anton Ich hatte mir schon eher weibliche Begleitung vorgestellt, aber ich bin froh, dass du mich nicht angelogen hast, das hätte ich dir auch nicht zugetraut. #ehrlicheliv

2 Minuten später

Anton Liv? Ist es schon wieder deine Mutter?

30 Sekunden später

Liv — Nein, alles okay.

Anton — Also, was ist jetzt? Wann und wo sehen wir uns?

Liv — Ich weiß es nicht, Anton.

Anton — Also ist das ein JA?

Anton — Bevor du antwortest – JAAA ist die richtige Antwort. Treffen wir uns endlich im Real Life, Liv. Es wird Zeit, dass wir uns sehen – komm, trau dich, Liv, spring über deinen Schatten, das Leben ist zu kurz, um zu zögern, das Leben ist zu kurz, um den Moment jetzt nicht zu nutzen – spring über alles, was dich bis jetzt gehemmt hat, lass los, Liv, lass endlich los! #golivgo

Liv — Okay.

Anton — Okay?

45 Sekunden später

Liv — Ja, treffen wir uns, Anton. Du hast recht, es wird Zeit, das endlich zu tun.

Anton — Hey, ich bin dabei!! Und wie ich dabei bin! WOW, Liv, damit hätte ich jetzt gar nicht gerechnet, du bist bereit, bereit für den WICHTIGSTEN Moment deines Lebens?

9 Sekunden später

Liv Der wichtigste Moment meines Lebens? Treffe ich dich oder Daniel Craig?

Anton Ein Treffen mit mir ist besser als mit Daniel Craig, denn wenn du mich triffst, wirst du nicht einmal mehr wissen, wer Daniel Craig ist.

Liv Warum? Weil du all meine Erinnerungen löschen wirst, damit ich dir willenlos ausgeliefert bin?

Anton Wo denkst du nur hin? (Aber eigentlich keine schlechte Idee. Muss ich mal recherchieren.)

Liv Okay, das Treffen ist abgesagt.

Anton Jetzt nicht zurückziehen, Liv! (Vielleicht nehme ich dir auch nur die schlechten Erinnerungen – ist das ein Deal?)

39 Sekunden später

Liv Vielleicht ist es doch keine so gute Idee.

Anton Nur die Ruhe, Liv. Du willst es, also tu es. Wir treffen uns morgen um fünf im Savory.

Liv Wo ist das?

Anton In der Hochallee.

Liv Okay.

Anton Dann bis morgen, Liv. Bist du schon aufgeregt?

Liv Vielleicht.
Ein wenig.

Anton Vielleicht? Ein wenig? Dir zittern doch die Knie! ENDLICH ist es so weit. Das Warten hat ein Ende! Liv und Anton, die Premiere, morgen, 17 Uhr im Savory.

Liv Bis morgen, Anton.

Anton Bis morgen im Real Life, Liv. Ich freue mich auf dich.

Freitag, 17:03

Anton Ich sitze am Fenster und ich bin nicht zu übersehen, Liv. Ich bin der Typ, der die ganze Zeit grinst.

4 Minuten später

Anton Okay, ich grinse nicht die ganze Zeit. Aber ich bin auch so verdammt auffällig, denn ich bin der bestaussehende Typ des Lokals. Ich bin der mit den wuscheligen Haaren und den grünen Augen, aber das weißt du natürlich schon von meinen ganzen Fotos, und ich bin der, dessen Charme du sofort verfallen wirst, wenn du ihm endlich, endlich im Real Life begegnen wirst. Okay, ich bin vielleicht auch ein wenig aufgeregt, aber das ist schon okay.

6 Minuten später

Anton Liv, du darfst dich von meiner Schönheit nicht abschrecken lassen, trau dich ruhig ins Lokal, du musst nicht draußen stehen bleiben.

2 Minuten später

Anton Liv, wo bist du?

9 Minuten später

Anton Liv, langsam wird das echt ätzend. Ich warte hier und du tauchst immer noch nicht auf. Wo bleibst du????

7 Minuten später

Anton Liv, wo steckst du?

Anton Okay, das ist jetzt echt nicht mehr witzig. Verarschst du mich???

9 Minuten später

Anton Ich hau jetzt ab.

Samstag, 14:43

Liv Anton, ich weiß, dass du sauer bist. Und du hast auch allen Grund dazu. Es tut mir leid.

51 Minuten später

Anton Du lebst?

Liv Ja, es tut mir leid.

Anton Es tut dir leid? Ist das alles, was du zu sagen hast? Ich hab da eine halbe Stunde rumgesessen, keine Spur von dir, und dann meldest du dich erst am nächsten Tag? Du hast sie doch nicht alle.

Liv Es ist was dazwischengekommen.

Anton Was dazwischengekommen?! Was denn? Ein Auto, das dazwischengekommen ist, hätte ich gelten lassen, aber da du offensichtlich noch ganz gesund bist, ist nicht wirklich was dazwischengekommen.

Liv Ich hab das Lokal nicht gefunden.

Anton Erzähl keinen Bullshit.

Liv Anton, okay, Titus und ich hatten Streit … Er ist richtig wütend geworden.

Anton Ist mir so was von scheißegal, Liv.

Liv Es tut mir leid. Bitte entschuldige.

Anton Und du glaubst wirklich, dass das reicht?

Liv Es war doch nur ein Treffen.

1 Minute später

Anton — Sag mal, geht's noch? Nur ein Treffen? Seit Wochen hältst du mich hin und jetzt endlich, endlich machen wir was aus. Und dann kommst du nicht und schiebst Titus vor? Dein Ernst?

Liv — Er wollte einfach nicht, dass ich gehe.

Anton — Erzähl keinen Scheiß, Liv. Als ob du jemand bist, der sich davon abhalten lässt. Da musst du dir schon eine bessere Story überlegen.

Liv — Anton, es tut mir wirklich leid.

Anton — Jetzt hör auf mit dem Blödsinn, Liv, das nehm ich dir nicht ab. Was ist eigentlich los? Möchtest du mich wirklich nicht kennenlernen? Oder steckt noch etwas anderes dahinter?

Liv — Ich, ich …

Anton — WAS, LIV, was ist los? Wovor hast du Angst? Dass ich draufkomme, dass dein Titus nur erfunden ist? Ist es das?

2 Minuten später

Liv — Es war ein Fehler.

1 Minute später

Anton Was war ein Fehler? Mir das mit Titus vorzulügen? Vielleicht ist es an der Zeit, endlich ehrlich zu sein, was meinst du?

3 Minuten später

Anton War ja klar, Liv. Du ziehst zurück, weil es der einfache Weg ist, erzähl mir nie wieder etwas vom RICHTIGEN Leben und den ECHTEN Problemen, denn du bist diejenige, die nicht bereit ist, sich ihnen zu stellen. Du bist nicht ehrlich zu mir und wahrscheinlich nicht mal zu dir selbst.

11 Minuten später

Liv Du hast recht, ich habe Titus erfunden. Es gibt ihn nicht. Ich wollte nicht, dass du in mir das einsame, verbitterte Mädchen siehst, das ich in Wahrheit vielleicht bin. Und es war falsch, zu lügen, es ist immer falsch zu lügen, aber manchmal ist es nicht nur der einfachste, sondern der einzige Weg, manchmal sieht man nur diesen einen Weg und er kommt einem weniger schlimm vor als alles andere.
Ich habe einen Fehler gemacht, nicht nur einen, und ich habe jetzt Angst, dass du mich deswegen nicht mehr sehen willst, dass du deswegen nichts mehr mit mir zu tun haben möchtest, dass du einfach genug von meinem komplizierten Leben hast. Und weißt du was? Oft genug habe ich auch genug davon, aber ich kann schließlich nicht weg von mir.

21 Sekunden später

Anton Ich habe nicht genug von dir.

7 Sekunden später

Liv Hast du nicht?

Anton Nein, habe ich nicht.

Liv Warum nicht?

Anton Keine Ahnung, Liv. Ist einfach so. Ich kann es auch nicht erklären.

Liv Und du bist nicht sauer?

Anton Dass du mich sitzen gelassen hast, doch, darüber bin ich schon sauer. Aber dass Titus nicht existiert, ist ganz okay.

Liv Wie bist du überhaupt darauf gekommen, dass er nicht echt ist?

Anton Ich weiß auch nicht, es war eine Ahnung. Ich hatte ein Gefühl, ein recht kleines, und Ela hat es auch irgendwann behauptet, um dich schlechtzumachen. Damit hat sie diesen Gedanken noch tiefer in meinen Kopf gepflanzt, aber da es kein hässlicher Gedanke war, war es mir egal. Menschen machen die verrücktesten Dinge aus den unterschiedlichsten Gründen, so wie Piet mit dem bescheuerten Handyklau, er wusste einfach keinen anderen Ausweg, und du anscheinend auch nicht. Um Titus ist es aber wirklich nicht schade. ☺

Liv Ich wollte dich nicht anlügen, das will ich wirklich nicht, Anton. Ich hab da nicht mehr rausgefunden. Irgendwann entwickelt sich eine schnelle, unbedachte Lüge einfach weiter, und sie wächst und wächst, und dann wächst sie zu einem ganzen Konstrukt heran, zu einer Lügenvilla mit Fenstern, breiten Türen und Verzierungen, und dann gibt es auf einmal keinen Rückweg mehr.

Anton Wie viel hast du denn gelogen, Liv? Gibt es Jilly und deine Mutter überhaupt?

Liv Natürlich gibt es die.

Anton Und deine Mutter ist wirklich so, wie du es erzählst?

Liv Wie meinst du das?

Anton Halst sie dir wirklich so viel auf?

Liv So schlimm ist es gar nicht.

21 Sekunden später

Anton Liv, ich will mir kein Urteil anmaßen, und wahrscheinlich bin ich nicht der Richtige, um dir das zu sagen – aber deine Mutter benimmt sich nicht wie eine Mutter – ihr kommt mir vor wie in so einem abgedrehten Rollentauschfilm, wo du plötzlich die Mutter bist und sie die Tochter. Und auch wenn sie dich jung bekommen hat, ist das keine Rechtfertigung dafür, dass sie dir ihre Aufgaben aufzwingt.

Liv Ich weiß.

Anton Das weißt du?

Liv Natürlich, Anton. Ich bin doch nicht blind. Aber was soll ich tun? Soll ich Jilly etwa alleinlassen?

Anton Nein, aber du solltest den Tipp befolgen, den du mir gegeben hast, den Tipp, den wir beide gerne geben, aber selbst nie befolgen, du solltest sie darauf ansprechen, Liv – rede mit ihr.

Liv Ich weiß nicht, ob ich das kann.

Anton Warum?

Liv Sie ist so schon total labil.

Anton Ein Grund mehr, dass sich was ändert. Sie braucht Hilfe. Und die Hilfe kannst nicht du sein.

Anton Kannst du nicht mit deinem Vater sprechen?

Liv Das fühlt sich nach Verrat an.

Anton Okay, das verstehe ich. Trotzdem musst du es ihr wenigstens mal sagen.

Liv Das wird nicht einfach.

Anton Vielleicht. Aber so, wie es ist, ist es auch nicht einfach. Das kann nicht ewig so weitergehen. Ich hab auch mit meinem Vater gesprochen.

Liv Das kannst du nicht vergleichen. Bei euch war ja gar nichts.

Anton Vielleicht kann man das nicht vergleichen. Aber irgendetwas musst du tun. Und wenn reden allein nicht hilft, kannst du noch immer etwas anderes probieren.

Liv Ich hab's nicht so mit Probieren.

Anton Und ich hab's nicht so mit Im-Lokal-sitzen gelassen-Werden. Und mit Fantasiefreunden. Und wenn ich es schaffe, dann trotzdem noch mit dir zu reden, dann kannst du das schon lange, Liv.

33 Sekunden später

Liv Okay. Ich werde es probieren.
Und danke. Für alles.

Anton Gern geschehen.

Liv Warum habe ich plötzlich das Gefühl, dass du der bessere Mensch von uns beiden bist?

Anton Weil ich es bin!

Liv Willst du dich immer noch mit mir treffen?

Anton Natürlich. Aber vielleicht brauchst du noch ein bisschen Zeit, um dich zu sortieren. Und ich vielleicht auch.

Liv Gilt das noch mit New York?

Anton Was ist denn das für eine Frage? Ich habe doch gerade gezeigt, wie verständnisvoll ich bin, Liv. Ich nehme dich ganz verständnisvoll mit nach New York, nur wir zwei, ohne Eifersuchts-Ela oder Fantasie-Titus. Okay?

Liv Hört sich nach einem guten Plan an.

Anton Und wie. Du kannst schon mal mit den Reisevorbereitungen anfangen.

Liv Ich dachte, du wolltest dich treiben lassen?

Anton Finde ich auch gut, aber vielleicht finden wir ja eine Kombi aus Plan und Treibenlassen. Was hältst du davon?

Liv Sehr viel.

Anton Und deine Mutter?

Liv Was sie von der Kombi hält?

Anton	Nein, von unserem Trip. Immerhin geht es in nicht mal einer Woche los, in nicht einmal einer Woche, Liv!!
Liv	Sie ist nicht begeistert.
Anton	Natürlich ist sie nicht begeistert, denn dann muss sie sich plötzlich um alles alleine kümmern.

10 Sekunden später

Anton	Aber du wirst dich von ihr nicht aufhalten lassen, oder? Immerhin brauchst du ihre Unterschrift, damit wir in dem Hotel einchecken können.
Liv	Ich werde mit ihr reden, Anton. Versprochen.
Anton	Shit, ich hab die Zeit vergessen – ich muss jetzt gleich los, Liv, die Jungs warten beim Hockey auf mich und sind ohne mich total aufgeschmissen ... Tschüss, Liv!
Liv	Bis dann, Anton!
Anton	Und sprich mit deiner Mutter.
Liv	Musst du nicht schon längst los?
Anton	Bin schon unterwegs. Und: TU ES. TU ES. TU ES.
Liv	Selbstverständlich.

Liv ;)

Anton Fies!

Liv Geh endlich!!

Anton Bis dann, Liv.

Liv Bis dann, Anton

Sonntag, 19:02

Liv Ich habe die letzten Stunden damit verbracht, zu beweisen, dass sich Spontaneität und Planung nicht beißen. Bedeutet:
Wir planen jetzt, uns spontan in New York Musicalkarten für den Broadway zu kaufen (die sind an der Abendkasse oft für die Hälfte zu haben).
Wir picknicken im Central Park und sehen in der Nähe der Angel Tunnels den Rollerskatern und Discotänzern bei ihrer Performance zu.
Irgendwann zwischendurch könnten wir spontan zu Waldy's auf der 6th Avenue gehen, hier gibt es anscheinend The Best Pizza In Town (behaupten aber alle von sich).
Wir besuchen spontan einen Poetry-Slam in East Village oder gehen zu einem Jazzkonzert in der Knitting Factory, schließlich ist New York für seine Jazzszene total bekannt.
Wir schießen auf dem Times Square ein Foto mit dem nackten Cowboy. Und nein, ich werde mich für dieses Foto auch nicht spontan ausziehen.

Special für mich: Wir verlieren uns einen ganzen Tag bei »The Strand« in ihren Bücherbergen.
Special für dich: Wir sehen uns ein Basketballspiel im Madison Square Garden an.
Wir fahren mit der Metro. Wir könnten spontan uptown fahren, obwohl wir downtown müssen.
Wir essen Dim Sum in Chinatown.
Na, was sagst du? Das ist doch mal ein spontaner Plan, Anton – zu dem du gleich ganz spontan zusagen kannst, oder?

14 Minuten später

Anton Gefällt mir. Vor allem der nackte Cowboy und der Besuch vom Madison Square Garden. Woher weißt du eigentlich, dass ich Basketball mag? Ich kann mich gar nicht erinnern, dass wir darüber geredet haben. Und bist du sicher, dass du dich für das Foto nicht doch ausziehen möchtest?
Bei deiner Liste fehlt jedoch Punkt 10. Denn eine Liste sollte immer zehn Punkte haben, mit neun sieht sie einfach noch so unfertig aus. Mein Vater hat mir den Tipp gegeben, dass wir unbedingt im Press, einer Rooftop-Bar, Abendessen gehen sollten. Ich habe mir im Netz die Fotos angesehen, diese Bar ist echt der Hammer, ganz oben auf einem Wolkenkratzer mit einem endgeilen Blick über Manhattan. Du stehst dort einfach neben den ganzen beleuchteten Wolkenkratzern, Wahnsinn!!!

Liv Die Fotos sind wirklich beeindruckend. (Und Basketball? Jeder Typ mag doch Basketball.)

Anton Hast du mit deiner Mutter gesprochen?

Liv Ich konnte gestern nicht mehr mit ihr sprechen.

Anton Wieso???

Liv Sie war nicht da, sie war unterwegs.

Anton Aha.

Liv Ich werde mit ihr sprechen. Sie ist gestern betrunken nach Hause gekommen, da habe ich sie einfach nur noch ins Bett gebracht.

Anton Ist sie denn öfter betrunken?

Liv Ab und zu.

Anton Warum?

Liv Warum sie sich betrinkt?

Anton Genau.

Liv Sie ist unglücklich.

Anton Das ist ein Grund, aber kein guter.

Liv Anscheinend hat sie gestern ein Typ abserviert und ihr gesagt, dass er seine Familie nicht für sie verlassen wird.

Anton Das ist natürlich scheiße, aber deswegen solltest du dich nicht um sie kümmern und ins Bett bringen müssen. Liv, verdammt, es sollte andersrum sein.

Liv Glaubst du denn nicht, dass ich das weiß?? Aber sie ist nun mal so, wie sie ist, und ich werde sie jetzt nicht ändern können. Und ich weiß auch nicht, ob es klug ist, Jilly mit ihr allein zu lassen.

Anton Gibt es denn niemanden, den du um Hilfe bitten kannst? Deinen Vater?

Liv Das hatten wir doch schon.

Anton Liv, ich weiß, dass es dir schwerfällt. Aber du hast ein Recht auf dein eigenes Leben, also nimm dir dieses Recht endlich. Lass dein Leben nicht von anderen bestimmen, dafür bist du doch viel zu klug.

Liv Sie ist aufgewacht, ich muss jetzt aufhören.

Anton Sprich mit ihr.

Liv Werde ich, wenn der Moment passt.

Anton Liv, wir wollen in fünf Tagen nach New York. Der Moment MUSS jetzt passen.

Liv Ich versuche es ja, Anton, glaub mir. Ich melde mich.

Anton Tu das.
Aber tu es bald.

Montag, 09:04

Anton Und, hast du mit ihr gesprochen?

96 Minuten später

Anton Hast du dich getraut? Oder doch nicht? Falls es deine Entscheidung erleichtert: Die Jungs haben Karten für eine VIP-Veranstaltung auf Malle bekommen, mit allem drum und dran. Limousine, Champagner und jede Menge Models. Ist so ein neues Fashionlabel, das dort seine Launchparty gibt, leider genau an dem Wochenende, an dem wir eigentlich schon Richtung New York abdüsen. Jetzt muss ich mich also entscheiden: Malle mit Models oder New York mit dir? #triffterdierichtigeentscheidung

8 Stunden später

Anton Liv??

Anton Hast du wirklich mit deiner Mutter gesprochen? War es so schlimm? Darfst du jetzt nicht mehr chatten?

30 Minuten später

Anton Liv??

3 Minuten später

Liv Es ist gerade ziemliches Chaos, Anton. Ich melde mich später, wenn ich wieder atmen kann.

Anton Was ist passiert?!

Liv Jetzt nicht, ich melde mich.

Dienstag, 01:40

Anton Hey, Liv. Ich weiß, du hast gesagt, du schreibst mir. Aber ich kann nicht schlafen und ich mache mir Sorgen, denn ich habe überhaupt keinen Plan, was gerade bei dir abgeht. Egal was es ist, ich wollte dir nur sagen, dass ich da bin. Nicht nur in New York, auch hier in Hamburg. Falls du also was brauchst, egal was, ich bin da.

Mittwoch, 09:03

Anton Ich werde hier noch verrückt, Liv. Gib mir ein Lebenszeichen, irgendeines, auch wenn es noch so klein ist.

5 Stunden später

Liv Hey.

Anton Selber hey. Wie geht es dir?

Liv Keine Ahnung. Ich war die letzten Tage nicht in der Schule, weil es drunter- und drübergegangen ist. Ich bin total platt.

Anton Was ist passiert?

Liv Ich habe am Sonntag mit meiner Mutter gesprochen, und sie hat mir verboten, nach New York zu fliegen.

Anton Sie hat es dir verboten?

Liv Ja. Und dann ist etwas Seltsames passiert. Es war, als würde es klick machen, anstatt ihre Antwort zu akzeptieren, bin ich komplett ausgerastet.

Anton Du bist ausgerastet?

Liv Ja.

Anton Wie ausgerastet? Mit Messer und Schere?

Liv Nein. Ich habe geschrien, und es war, als wäre irgendein Damm gebrochen. Die Worte waren nicht mehr aufzuhalten, sie sind einfach aus meinem Mund geströmt und ich habe mein Denken komplett ausgeschaltet. Wie bei einem Vulkanausbruch kam auf einmal alles hoch, was irgendwo noch in mir steckte, und ich habe meiner Mutter alles an den Kopf geworfen, ihre ganzen Verfehlungen, ihre Verantwortungslosigkeit und dass sie mir meine ganze Jugend stiehlt.

Anton Und? Hat sie zurückgeschrien?

Liv Nein, hat sie nicht.
Obwohl ich es erwartet hatte, blieb sie ganz ruhig, hörte sich alles an, jedes noch so böse Wort, und als ich endlich fertig war und sich nichts mehr in meinem Körper befand, was ich loswerden konnte, ist sie auf der Couch zusammengesunken und hat zu weinen begonnen. So ein leises Weinen, ein tieftrauriges. Und dann hat sie nur gesagt: »Du hast recht, Olivia. Du hast recht.« Und dann haben wir gesprochen, wir haben das erste Mal richtig miteinander geredet, sie hat mir wirklich zugehört. Das war eigenartig und neu, und wir haben viel geweint, und ich weiß noch immer nicht, was ich genau darüber denken soll, aber irgendwie hat sich was verändert. Meine Mutter ist mir gegenüber vorsichtiger geworden, unsere Begegnungen sind vorsichtiger geworden. Fast als hätte jeder von uns Angst, dass wir einander zerbrechen könnten.

Anton Und wie geht es dir jetzt?

Liv Gut, ich denke, es geht mir gut. Meine Mutter hat mir erlaubt, nach New York zu fliegen, sie hat ihre Schwester angerufen, dass sie in der Zeit zu ihr kommt – damit sie alles gut hinbekommt. Und sie hat mir versprochen, sich nach einem neuen Job umzusehen, nach einem, bei dem sie nicht nur der hübsche Aufputz der Firma ist. Und sie überlegt, eine Therapie zu machen.

Anton Das ist doch schon mal ein Anfang.

Liv Ja. Ich bin gespannt, ob sie es durchzieht, das alles. Früher hätte ich Nein gesagt, aber so, wie ich sie in den letzten Tagen erlebt habe, nehme ich ihr tatsächlich ab, dass sie es versuchen will. Und es beruhigt mich, dass meine Tante kommt – dann wird es Jilly gut gehen. Und auch mein Vater hat versprochen, ein Auge auf sie zu haben.

Anton Das heißt, New York steht nichts mehr im Weg?

Liv Ich dachte, du willst nach Malle zu den Models?

Anton Vielleicht kann ich noch einmal umdisponieren. Dir zuliebe. Obwohl das Party-Wochenende auf Malle echt wehtut. Aber erstaunlicherweise ist mir die Entscheidung gar nicht so schwergefallen, wie ich dachte.

Liv Muss an deiner Reisebegleitung liegen.

Anton An meiner Reisebegleitung? Meinst du die, die ich noch nie gesehen habe?

Liv Genau die meine ich. Willst du sie vorher noch sehen?

Anton Wärst du denn bereit dazu?

Liv Vielleicht wäre es klüger. Dann wüsstest du, worauf du dich einlässt.

Anton Lass mich mal nachdenken … nein.

Liv Wie bitte?

Anton Liv, wir haben noch zwei Tage bis zum Abflug. Jetzt habe ich es so lange ausgehalten, dich nicht zu treffen – da werde ich die paar Tage auch noch aushalten (auch wenn es verdammt schwerfällt, die 52 Stunden und 23 Minuten durchzuhalten). Aber mittlerweile gefällt mir die Vorstellung, dir am Flughafen zu begegnen. Unsere Begegnung wird jede Filmszene verblassen lassen.

Liv Wird sie das?

Anton Garantiert. Wenn du mir in die Arme läufst und wir beide die Musik hören, die gar nicht spielt, das wird fantastisch.
Ich freue mich auf dich, Liv.

23 Sekunden später

Liv Und wenn ich deinen Vorstellungen nicht entspreche? Wenn ich total anders bin, als du es erwartest? Wenn ich dich beim Laufen umrenne?

Anton Hör auf, dir so viel Gedanken zu machen. (Und wenn du doch so schwer bist, dass du mich umrennen kannst, dann hüpfe ich im letzten Moment zur Seite, damit du auf den Boden knallst, okay?)
Vielleicht werde ich dich aber auch einfach nur umarmen. Ich könnte mir sogar vorstellen, dich zu küssen.

21 Sekunden später

Liv Meinst du das ernst?

Anton Nein, natürlich nicht ;)

19 Sekunden später

Liv Du würdest einfach eine Fremde küssen?!

Anton Eine Fremde? Mir ist noch nie jemand so nahe gekommen, du kennst mich manchmal vielleicht besser als ich selbst. Ich weiß nicht, was in den letzten Wochen passiert ist, aber es ist so viel passiert, und ich bin froh, dass es passiert ist. Du hast etwas verändert.

Und verdammt, das gefällt mir.

Liv Das gefällt mir auch. Du bist so anders, als ich dich mir vorgestellt habe, Anton. Du bist einfühlsam, kannst zuhören und ich mag es, wie du die Welt betrachtest.

Anton Und du würdest es mögen, wenn ich dich küsse.

Liv Vielleicht. Das bleibt abzuwarten.

4 Sekunden später

Liv Du müsstest mich aber schon um Erlaubnis fragen.

Anton Würde ich aber nicht.
Liv, wir zwei werden die Welt erobern. Und mit New York fangen wir an. In .... Moment: in genau 51 Stunden, 59 Minuten und 3 Sekunden.

Liv Nur noch zwei Mal schlafen. Bist du nervös?

Anton Und wie! Du?

Liv Ich auch. Anton, mein Herz flattert wie wild. Natürlich auch ein bisschen aus Angst.

Anton Wovor?

19 Sekunden später

Liv Dich zu enttäuschen.

Anton Wie denn?

Liv Vielleicht bin ich potthässlich.

Anton Das glaube ich dir nicht. Und wenn du hässlich bist wie ein Blobfisch, es ist mir egal.

Liv Das glaub ich dir nicht.

Anton Du kannst mich nicht enttäuschen (außer du bist doch Oliver).

Liv Ich bin nicht Oliver, aber ...

10 Sekunden später

Anton Liv, sorry, mein Vater ist gerade nach Hause gekommen, und er will noch einmal mit mir sprechen, weil er die nächsten Tage auf einem Kongress ist und mich dann nicht mehr sieht. Lass uns also morgen weiterquatschen, in Ruhe, okay? Und bis dahin mach dir keine Sorgen. Du wirst mich umhauen, das weiß ich jetzt schon.

Liv Ich werde dich wirklich umhauen (mit Anlauf)… bis morgen, Anton!

Donnerstag, 09:03

Anton Ich konnte die ganze Nacht kein Auge zutun. Nur noch einmal schlafen, dann ist es so weit. Mein Koffer ist gepackt, jetzt noch zwei Mal Schule durchziehen, und morgen Nachmittag nehmen wir die Maschine nach New York. Das wird supergeil, Liv! Wir zwei machen New York unsicher! #dergeilstetripunsereslebens

41 Minuten später

Liv Ich freu mich auch total. Bin gleichzeitig aber richtig aufgeregt. Ich bin vorhin sogar ermahnt worden, weil ich in Deutsch nicht aufgepasst habe. Aber ich denke ständig an dich und unsere Reise, ich kann gar nichts dagegen tun.

5 Minuten später

Anton Denkst du eher an mich oder eher an NY?

1 Minute später

Liv Willst du jetzt eine Prozentverteilung?

Anton Wäre schön.

Liv 50 % Anton, 50 % New York.

Anton GELOGEN!!

21 Sekunden später

Liv Vielleicht. Ein wenig.

Anton NOCH MAL GELOGEN! Liv, du solltest nicht so viel lügen, davon halte ich nämlich gar nichts! Also – rück endlich raus damit.

1 Minute später

Liv 25 % New York, 75 % Anton?

Anton JETZT bist du ehrlich. Bringen dich deine Mutter und Jilly eigentlich zum Flughafen?

Liv Wieso? Willst du sie kennenlernen?

Anton Ich wollte nur wissen, ob ich mit dir allein rechnen muss oder mit der ganzen Family.

Liv Ich wollte mich vorher von ihnen verabschieden. Treffen wir uns einfach um 17 Uhr am Schalter?

Anton Finde ich gut. Wir können uns auch schon früher treffen? Ach ja, dein Buchungscode ist NYWKE94. Die Sitzplätze sind schon reserviert.

Liv Du verrätst mir den Buchungscode? So sehr vertraust du mir? Was ist, wenn ich mein Ticket jetzt doch noch schnell umtausche?

Anton Das wirst du nicht.

31 Sekunden später

Liv Du hast recht. Das werde ich nicht. Bereust du es noch, mit den Jungs nicht nach Malle zu fliegen?

Anton Ein kleines bisschen schade ist es schon, aber dafür fliege ich mit dir nach New York!

Anton Liv, ich bin supernervös. Wie soll ich dich erkennen? Ich meine, du weißt, wie ich aussehe, aber ich habe keinen blassen Schimmer, wie du aussiehst. Willst du dir eine Rose ins Haar stecken?

Liv Eine Rose ins Haar? Wirklich?

Anton War nur ein Spasso! Eine Rose finde ich zu kitschig. Könntest du dir bitte ein Prinzessinnendiadem aufsetzen? (Die Luke-Skywalker-Maske finde ich zu übertrieben.)

Liv Wie lange kann ich das Ticket noch umtauschen?

Anton War doch auch nur ein Scherz, Liv. Du solltest am besten ein großes Schild mit der Aufschrift »In Liv with Anton« tragen.

Liv No way!

Anton Und wie erkenne ich dich dann?

Liv Du wirst mich erkennen.

Anton Sicher?

8 Sekunden später

Liv Ganz sicher.

Anton Na, dann verlasse ich mich mal auf dein Wort. Die Jungs wollen übrigens, dass ich einen Reiseblog schreibe, vor allem Bones ist von der Idee wie besessen. Hättest du Lust, so etwas zu machen? Dann würde ich uns noch schnell eine Wordpress-Site einrichten. »Anton Livs New York« – was meinst du?

Liv Gute Idee, dann können wir die Fotos vom nackten Cowboy gleich online stellen. Wie geht es Piet denn? Ist wieder alles okay mit ihm? Hat er die Sache mit den Spielschulden geregelt?

4 Minuten später

Anton Sorry, ich hatte gerade einen Anruf von den Jungs.

Liv Alles okay?

Anton Ja, Piet geht es wieder super, die Sache mit den Schulden haben seine Eltern geregelt und er fliegt auch mit den anderen nach Malle. Packst du noch?

Liv Ja, ich weiß gar nicht, was ich alles mitnehmen soll. Aber ich habe ja noch 33 Stunden Zeit, um mich zu entscheiden! #livganzentspannt

Anton Dann lass ich dich mal packen, ich werde mich noch kurz von den Jungs verabschieden, morgen ist ja kaum Zeit, da muss alles schnell gehen.

Liv Hören wir uns morgen noch?

Anton Das wird schwierig. Treffen wir uns einfach am Flughafen, okay?

Liv Okay. Unglaublich. Jetzt passiert es wirklich. Morgen fliegen wir beide nach New York!

Anton Ja, unglaublich. Wir sehen uns.

Liv — Ich freue mich!

Anton — Klar.

41 Sekunden später

Liv — Alles okay?

Anton — Klar. Lass uns morgen weiterreden.

Liv — Am Flughafen.

Anton — Dann bis morgen, Liv.

Liv — Bis morgen, Anton.

Freitag, 17:10

Liv — Ich stehe direkt am Schalter. Wo bist du? Ich habe dich zumindest bislang nicht erkannt. Falls du es witzig findest, eine Maske zu tragen, sag Bescheid ☺

8 Minuten später

Liv — Anton, ich bin total nervös. Wo bist du denn?

11 Minuten später

Liv — Wir haben zwar noch Zeit, aber langsam sollte ich einchecken. Anton, ist was passiert? Langsam mache ich mir echt Sorgen um dich.

6 Minuten später

Liv Anton, was ist los? Wo bist du? Ich möchte nicht wie die hysterische Tussi daherkommen, aber langsam werde ich zur hysterischen Tussi. Alle checken ein und ich stehe nur hier und checke gar nichts. Anton, wir hatten doch 17 Uhr gesagt?

4 Minuten später

Liv Anton, vielleicht ist ja dein Akku leer und du bist bereits am Gate. Ich checke jetzt ein und wir sehen uns sicher gleich am Gate.

21 Minuten später

Liv Anton, ich stehe jetzt am Gate. Um mich herum sind auch ganz viele andere Menschen, aber der eine Mensch, den ich suche, der steht hier nicht. Wo bist du? Ich setze mich jetzt einfach hin und warte, dass du kommst.

27 Minuten später

Liv Gleich ist Boarding, Anton, und von dir fehlt weit und breit jede Spur. Wenn das irgendein Witz sein soll, dann ist er ziemlich gemein und böse. Und ich verstehe ihn nicht.
Ich warte auf dich und hoffe, dass es dir gut geht.

15 Minuten später

Liv Boarding beginnt, Anton – wo bist du nur?

13 Minuten später

Liv Anton, ich sitze jetzt im Flugzeug. Der Platz neben mir ist leer, und er wartet auf dich. Genau wie ich. Was ist los? Wo bist du? Ist das ein übler Scherz, oder wolltest du von Anfang an nicht mit mir wegfliegen? Ich verstehe die Welt nicht mehr und muss gleich mein Handy abstellen und kann dir jetzt nur noch offline begegnen.

8 Minuten später

Liv Anton, sie schließen gerade die Flugzeugtüren, was bedeutet, dass du nicht mit mir fliegst. Ich weiß nicht, ob ich schnell noch aufstehen und hinausrennen soll, ich weiß nicht, wo du bist und warum das jetzt so passiert, wie es gerade passiert. Sitzt du vielleicht doch mit den Jungs im Flieger nach Malle?

2 Minuten später

Liv Ich schalte jetzt mein Handy aus. Es tut weh, dass du nicht da bist, es tut so unglaublich weh.

Samstag, 9:03 – New York

Liv Anton, ich bin vor wenigen Stunden im Hotel angekommen und habe mich erst mal hingelegt. Ich habe mit meiner Mutter telefoniert, mit Jilly gesprochen und auch kurz mit meinem Vater. Nur von dir fehlt jede Spur. Das Hotel, das du ausgesucht hast, ist wunderschön, und unser Zimmer liegt im 43. Stock. Von hier aus kann ich die Stadt sehen, und es ist, als würde sie mir zu Füßen liegen. Als wäre hier alles möglich, obwohl es sich gerade nicht danach anfühlt. Ich versuche trotzdem den Moment zu genießen, bewundere die violette Tapete mit den goldenen Ornamenten, die sich durch das ganze Haus zieht, genieße das weiche Bett und finde das stylische Bad mit der Regendusche ganz toll, und obwohl ich jetzt glücklich sein müsste, hier, so weit oben, bin ich es nicht. Denn ich sehe, dass du online bist, ich sehe, dass du lebst und dass du dich einfach dafür entschieden hast, mich nach NY fliegen zu lassen.
Ohne dich.

2 Stunden später

Liv Ich bin gerade aufgestanden, habe mich in die Metro gesetzt und bin zum Times Square gefahren. Einfach so, fast automatisch, denn was soll ich sonst machen. Die Lichter hier tun in den Augen weh, so blinkend und hell, und obwohl so viele Leute hier sind, fühle ich mich allein. Den nackten Cowboy konnte ich noch nicht entdecken, aber ich schicke dir ein Foto von ihm, wenn ich ihn erwische – dafür habe ich Snoop Dogg in der Menge gesichtet, in der er fast genauso untergeht wie ich.

1 Stunde später

Liv Weißt du, was das Erste ist, was ich in New York esse? Einen Hotdog. Vielleicht hat mich die Beinahe-Begegnung mit Snoop Dogg dazu inspiriert, vielleicht war es gerade auch Fügung, aber dieser Hotdog schmeckt unglaublich lecker. Diese Stadt schmeckt unglaublich lecker. Sie lebt und pulsiert, ich rieche Hotdogs, kandierte Nuts4Nuts und Falafel – und auch ein bisschen Abgase und altes Fett, das aus den Fastfood-Läden strömt. Ich rieche den Duft grenzenloser Freiheit, und die Eindrücke prasseln nur so auf mich nieder und lenken mich ab, auch wenn da dieser Klumpen in meinem Magen ist, der nicht kleiner werden will.

4 Stunden später

Liv Ich falle jetzt in mein Bett, der Jetlag sitzt mir noch in den Knochen. Mal sehen, was ich morgen mache, ich versuche ganz spontan zu sein, einfach so, damit wenigstens auf diese Weise ein Teil von dir dabei ist.

Sonntag, 07:03 – New York

Liv Im Madison Square Garden gibt es heute ein Basketballspiel, Atlanta Hawks gegen New York Knicks, und der Concierge des Hotels könnte anscheinend auch noch Karten besorgen. Es kümmern sich hier alle reizend um mich, vielleicht weil ich wie das traurige Mädchen aussehe, das von ihrem Freund verlassen wurde.

5 Stunden später

Liv Ich stehe gerade auf dem Empire State Building, war gar nicht so leicht, hier raufzukommen – denn anscheinend bin ich nicht die einzige Touristin, die diese Idee hatte. Aber der Blick von hier oben ist phänomenal, von King Kong fehlt jedoch jede Spur – genau wie von dir. Aber hier oben zu stehen, den Wind durch meine Haare wehen zu lassen und über diese lebendige Stadt zu blicken, ist einzigartig. Wie gerne hätte ich diesen Moment mit dir geteilt (oder mit Tom Hanks, aber auch der ist nirgends zu finden).

6 Stunden später

Liv Den Rest des Tages bin ich durch die Stadt spaziert, ganz ohne Plan. Es fühlt sich komisch an, so planlos zu sein, aber irgendwie ist es auch ganz schön. Auch wenn ich grundsätzlich gern plane, tut es gut, sich mal treiben zu lassen. Und heute hat es mich durch die vollgestopften Avenues zum Central Park getrieben. Dort habe ich im Gras gesessen, meine Schuhe ausgezogen und auf die Hochhäuser ringsum geblickt. Danach bin ich auf der Bow Bridge gestanden und habe einfach nur den New Yorkern zugesehen. Mich treiben zu lassen ist ein ganz neues Gefühl, ein Gefühl, das ich dir verdanke, und das weiß ich, Anton.

1 Stunde später

Liv Ich habe gerade einen bittersüßen Donut zum Abendessen gehabt, und auch wenn ich so was zu Hause nie essen würde, hier schmeckt er mir. Das ist seltsam, oder? Dass einem woanders plötzlich Sachen gefallen, die man sonst nicht leiden kann. Es gibt einen Teil von mir, den mag ich ganz besonders in New York. Es ist der Teil, der sich frei fühlt und unglaublich dankbar ist, hier zu sein, aber es gibt auch einen Teil, der mich von zu Hause verfolgt. Und der sich hier genauso schlecht anfühlt wie in Hamburg. Es gibt Dinge, auf die ist man nicht stolz, Anton. Was heißt hier »man« – es gibt Dinge, auf die bin ich nicht stolz. Dinge, die ich im Nachhinein gern anders machen würde, wenn ich könnte. Dafür müsste ich aber zu dem einen kleinen Moment zurück, in dem sich alles ganz okay angefühlt hat, zu diesem Moment, in dem es für mich total vertretbar war, mich so zu entscheiden, und ich nichts Schlimmes dabei fand, dir zu schreiben. Aber dann hat sich alles so schnell so anders entwickelt, und aus verletztem Stolz wurde eine Lüge. Und dann ist das passiert, was passiert, wenn man eine Lüge täglich füttert: sie wächst und wächst und ist irgendwann so groß, dass man sie einfach nicht mehr ungeschehen machen kann.

3 Stunden später

Liv Ich falle jetzt ins Bett, mein Kopf rauscht von den ganzen Bildern, meine Ohren dröhnen von den Geräuschen der Stadt. Ich höre noch immer die Metro und die Müllwagen, ich höre die Menschen, die nach Taxis pfeifen, und das ständige Sirenengeheul. Vielleicht hat mir auch der Donut nicht so gutgetan, die fette Zuckerschicht hat mir wohl auf den Magen geschlagen. Doch obwohl mir ein bisschen übel ist, war das ein toller Tag, und ich will, dass du weißt, dass ich dir dankbar bin, dankbar für alles. Gute Nacht, Anton. Gute Nacht, Hamburg. Gute Nacht, New York.

Montag, 03:41

Anton Dankbar? DU bist mir dankbar? Fühlst du dich wohl in New York, genießt du die Scharade, die du immer noch weiterspielst? Liegst du jetzt in deinem Bett und genießt den Triumph, mir nicht nur einmal, sondern noch ein zweites Mal eins reingewürgt zu haben? Hat dir das erste Mal nicht gereicht, Olivia? Wolltest du selbst noch mehr spüren, mich noch mehr leiden lassen?

Bravo.

Du hast es geschafft. Du kannst dir kräftig auf die Schulter klopfen. Ich habe lange gebraucht, um es zu verstehen, ich war so ein Idiot, ich hab wirklich geglaubt, dass du ehrlich zu mir bist. Aber du warst nicht ehrlich und ich war blind. Kein Wunder, dass du mein Lieblingsessen kanntest und wusstest, dass ich Basketball mag. Und es liegt nicht daran, dass du so eine hervorragende Menschenkenntnis besitzt oder ich so gut in eine Schublade passe. Das hast du wirklich gut gespielt, Respekt. Erst als du mit Piets Spitznamen etwas anfangen konntest, obwohl ich dir

nie gesagt habe, dass wir ihn Bones nennen, hat es bei mir klick gemacht. Ich habe keinen Bock, mit einer Lügnerin nach New York zu fliegen, ich habe keinen Bock auf so eine Überraschung am Flughafen.
Und jetzt bist du in New York und schreibst mir von deinem Tag, schreibst von dem, was du erlebst, um den Anflug deines schlechten Gewissens zu beruhigen?
Olivia-Liv, ich hoffe du genießt deinen NY-Trip, genießt es, deinen Ex fertiggemacht zu haben, denn das ist dir gelungen.

5 Stunden später

Liv Anton. Ich bin gerade erst aufgestanden, sonst hätte ich früher geschrieben.
Es tut mir leid, es tut mir so unsäglich leid. Ich wollte das nicht, das musst du mir glauben. Ich will mich auch nicht rausreden, aber lass es mich wenigstens erklären.
Am Anfang war ich einfach nur verletzt, dass du – nachdem ich gesagt habe, dass es nicht funktioniert – nicht mal eine Woche wartest, bis du nach Ersatz für mich suchst. Es hat wehgetan, dass du dich sofort auf die Suche nach einer neuen Olivia Lindmann machst, dass du einfach weitermachst und mich austauschst – aber das ist keine Entschuldigung dafür, was ich gemacht habe. Denn dafür gibt es keine Entschuldigung, vielleicht eine Erklärung, aber keine Rechtfertigung.
Ich habe dich damals einfach nicht gekannt, wir waren ja nur wenige Wochen zusammen und haben doch so gut wie nie Zeit alleine miteinander verbracht, immer

waren deine Freunde dabei. Und ja, ich habe dich in eine Schublade gesteckt, ich habe einfach aufgemacht, dich hineingepackt und als einen oberflächlichen Typen abgestempelt, der nur auf mein Aussehen fixiert ist. Aber das bist du nicht. Du bist so viel mehr, Anton, du bist einfühlsam und mitfühlend, du blickst hinter die Fassade und lässt dich von meinen spitzen Kommentaren nicht in die Irre leiten, Kommentaren, die mir im echten Leben niemals über die Lippen kommen würden. Zumindest nicht oft, denn da wahre ich die Fassade, bin nett, zurückhaltend und vielleicht unscheinbar, einfach aus Angst, zurückgestoßen zu werden.
Aber du hast diese Fassade durchbrochen, du hast dich in mein Herz geschlichen, Anton, Stück für Stück. Du hast einmal gesagt, dass du dir nicht sicher warst, ob du mit mir, deiner Ex, überhaupt zusammen warst, und ich glaube, dass du recht hattest. Wir haben Zeit miteinander verbracht, aber nicht wir, nicht die zwei, die seit Wochen miteinander schreiben, sondern der laute, oberflächliche Anton und die stille, farblose Liv. Doch so sind wir nicht, Anton. Wir sind anders. Als ich dich auf der Party kennengelernt habe, hast du mir gefallen, weil du einfach witzig warst und weil dich alle mochten. Du hast mir gezeigt, was ich alles nicht bin, und als dann alle schon was getrunken hatten und so total locker waren und ich nicht, da wurde mir klar, dass ich nicht dazugehöre. Dass ich nie dazugehören werde, nie so locker sein werde. Es hat mich viel Überwindung gekostet, bei dem Flaschendrehen mitzumachen, aber ich wollte auch einfach nur mal normal sein, sorglos, so wie ihr. Und als Bones mich

dann gefragt hat, was ich am Abend davor gemacht hatte – und ich nicht erzählen wollte, dass ich meine betrunkene Mutter ins Bett geschoben habe –, da habe ich schnell zur Pflicht gegriffen. Und dann habe ich dich geküsst, einfach, weil ich auch einmal loslassen wollte, weil ich spüren wollte, wie das so ist. Danach habe ich mich für den Kuss geschämt, weil er nicht echt war, und als du dich gemeldet hast, wollte ich ausprobieren, ob das vielleicht klappen könnte. Ob ich mich in der anderen Welt zurechtfinde, einer Welt, in der man einfach Spaß hat und die Verantwortung auch mal zur Seite schiebt. Aber ich habe nicht dazugehört, es hat nicht gepasst, und ich fürchte, es wird auch nie passen. Ich bin einfach verkorkst. Und du hast dich auch nicht groß für mich interessiert, du hast nicht gefragt, wie es mir geht oder was ich gern machen möchte. Dein Interesse für mich konzentrierte sich auf das Einzige, was du sehen konntest: ein hübsches Mädchen, das man herzeigen kann. Obwohl ich mich so sehr bemühe, nicht wie meine Mutter zu sein, bin ich dann doch genauso. Und hier sitze ich jetzt, genau wie sie, heulend, allein, in einem Hotelzimmer, in das ich gar nicht gehöre.

3 Stunden später

Anton Olivia, du hast mich die ganzen letzten Wochen belogen und betrogen, hast mich an der Nase rumgeführt. Ich fühle mich, als hätte ich jemanden verloren. Und weißt du, wie sich das anfühlt, Olivia? Es fühlt sich beschissen an, Liv zu verlieren. Es fühlt sich beschissen an, dass nichts, was wir geschrieben haben, noch irgendeine Bedeutung hat. Dass alles nur eine riesige, hinterhältige Lüge war.

Liv Das ist nicht wahr, Anton! Ich habe dich im echten Leben angelogen, als ich dir eine Olivia präsentiert habe, die es gar nicht gibt. Aber die Liv, die du hier im Chat erlebst, das bin ich. Viel mehr als die Olivia, mit der du zusammen warst. Als ich dir damals geschrieben habe, war ich gekränkt und wollte einfach wissen, was du über mich erzählst, ich wollte wissen, wie schnell du mich ersetzt. Aber das war nur zu Beginn so, denn dann ist etwas passiert, womit ich nicht gerechnet habe. Du hast mich an dich rangelassen und ich habe dich kennen und mögen gelernt, und je näher ich dir und deinen Gedanken kam, desto näher habe ich dich auch an mich herangelassen. Und plötzlich hat die Mauer zu bröckeln begonnen, bei uns beiden. Das musst du doch gemerkt haben.
Durch dich konnte ich sein, wie ich immer sein wollte, ich konnte meine Gefühle einmal rauslassen, musste nicht darauf achten, ob ich dir nur gefalle, weil ich blonde Haare und blaue Augen habe. Ich konnte einfach nur ich sein.

2 Minuten später

Anton Du hattest so viele Möglichkeiten, mir die Wahrheit zu sagen.

Liv Ich weiß. Aber ich hatte solche Angst, dich zu verlieren. Anton, ich wollte dich nicht verlieren.

Anton Aber jetzt hast du mich verloren. Ich hoffe, dein Spiel hat dir Spaß gemacht. Und du genießt jetzt deinen Preis.

Liv Mir hat es überhaupt keinen Spaß gemacht. Ich habe so oft versucht, dir die Wahrheit zu sagen, ich habe oft nicht schlafen können, und ich hatte solche Angst, dich am Flughafen zu treffen.

Anton Und? Was hast du erwartet? Dass ich dir dort in die Arme fallen würde?

Liv Ich weiß auch nicht, was ich gedacht habe. Irgendwann war es einfach zu spät zum Umkehren. Aber ich habe gehofft, dass ich dir alles einfach persönlich erklären kann, dass du mir eine Chance gibst. Ich habe einen Riesenfehler gemacht, Anton.

Anton Das hast du.

Liv Ich weiß, und ich würde alles tun, um es ungeschehen zu machen. Als du mir damals das Ticket nach New York geschenkt hast, habe ich mich einfach überrumpelt gefühlt, ich dachte, du schenkst mir die Reise nur, damit ich endlich mit dir ins Bett gehe. Ich dachte, dass du einer von den Typen bist, an die meine Mutter immer gerät. Und das war so was von falsch!! Ja, ich habe dich in eine Schublade gesteckt, und ich habe genau das getan, was ich anderen immer vorgeworfen habe: nicht tiefer zu gehen. Ich habe nicht den einfühlsamen Menschen gesehen, der hinter dem grinsenden, Spasso-treibenden Anton steht. Ich hätte dich damals schon kennenlernen müssen. Ich hätte es versuchen müssen, statt still neben dir zu stehen.

5 Minuten später

Anton Und diesen einfühlsamen Menschen hast du ordentlich verarscht, Liv! Egal wie gut du alles erklärst, es bleibt, wie es ist: Du hast mich wochenlang an der Nase rumgeführt, hast einen Mega-Idioten aus mir gemacht. Eines wüsste ich aber doch noch gern: Hast du mich damals in dem Café, in dem du gekellnert hast, gesehen?

10 Sekunden später

Liv Ja.

Anton Und bist du vielleicht nur für einen winzigen Moment auf die Idee gekommen, mich anzusprechen und mir alles zu erklären?! Hast du einmal daran gedacht, reinen Tisch zu machen?! Wenn du die Chance hattest, nicht nur einmal, warum musstest du dann bis zum Abflug warten?! Oder war es nicht doch 99 % New York und 1 % Anton?

Liv Ich wollte dich ansprechen, Anton. Ich habe es mir fest vorgenommen, wirklich. Als du zufällig mit Piet in das Lokal kamst, war ich einfach überrascht und habe mich hinter meinem Real-Life-Ich versteckt, und als wir uns im Savory treffen wollten, da war ich schon unterwegs, ehrlich, das musst du mir glauben. Ich stand schon vor der Tür, aber dann hab ich dich durch die Fensterscheibe gesehen. Und dann hab ich eine unbändige Angst bekommen, die mich fast erdrückt hat, und ich bin weggerannt, so schnell ich konnte. Ja, ich bin ein Feigling, aber doch nur, weil mir das, was wir haben, so viel bedeutet!

Anton Du meinst das, was wir hatten. Was du mit Füßen getreten hast.

Liv Es tut mir leid, Anton. Ich wollte das nicht. Ich weiß nicht, was ich sonst noch sagen kann.

Anton Gar nichts. Noch eine schöne Zeit in New York.

Liv Wie soll das eine schöne Zeit werden in New York, Anton? Ich sehe dich an jeder Ecke, und ich sehne mich nach dir und nach dem New-York-Trip, auf den wir uns gefreut haben. Nach allem, was wir geplant und nicht geplant haben. Ich will bei dir sein, und stattdessen sitze ich heulend in dem Hotelzimmer mit der hübschen Wandtapete, aber das ist das Einzige, was hier hübsch ist. Ich vermisse dich, Anton.

Anton Leb wohl, Olivia-Liv.

Dienstag, 17:03 – New York

Liv Ich weiß, dass du nicht mehr mit mir sprechen willst, und vielleicht hast du mich auch schon blockiert und erhältst diese Nachricht gar nicht mehr. Ich habe bei der Fluglinie angerufen und leider kann ich mein Ticket nicht umtauschen, ich kann nicht früher nach Hamburg zurück. Aber wenn ich zurück bin, dann werde ich bei dir aufkreuzen, Anton. Olivia-Liv wird noch einmal mit dir sprechen, und wenn du mich dann zum Teufel schickst, dann habe ich es wenigstens versucht.

Ich habe dich verletzt, Anton, das weiß ich. Ich war naiv, als ich dachte, dass wir das irgendwie hinbekommen würden, dass alles gut werden würde, wenn wir uns sehen. Aber glaub mir, ich wollte dich nie verletzen. Erst war ich wütend, als du den Aufruf gestartet hast, aber dann haben wir miteinander zu sprechen begonnen, so richtig, und es hat sich was verändert. Und irgendwann konnte ich nicht mehr wütend sein, es ging einfach nicht.

Und als du dann mit Ela zusammengekommen bist und ich plötzlich eifersüchtig wurde, weil du dich so um sie bemüht hast mit Serienabend und Sushi und allem, da habe ich dann irgendwann verstanden, dass ich mehr als Freundschaft für dich empfinde. Ich weiß auch nicht, wie es passiert ist, aber es ist passiert, und eigentlich ist es wunderschön.

Es ist wunderschön, verliebt zu sein. Ich wünschte, wir hätten uns im Chat kennengelernt und ich könnte unsere Begegnungen im wahren Leben einfach auslöschen, ich wünschte, ich könnte so viel ungeschehen machen, aber am meisten wünschte ich, dass ich dich nie verletzt hätte.

Anton, du fehlst mir.

Mittwoch, 11:12 – New York

Liv Ich habe heute den nackten Cowboy auf dem Times Square getroffen, irgendwie zieht es mich immer dorthin. Mittlerweile gibt es ja mehrere nackte Cowboys, weil er derart berühmt ist, dass er den Job nicht mehr alleine machen kann und andere dafür eingestellt hat, sich mit den Touristen fotografieren zu lassen. Unglaublich, womit man sein Geld verdienen kann.

20 Minuten später

Liv Auch wenn du das nicht liest. Ich vermisse dich. Ich vermisse unsere Gespräche. Ich träume davon, wie es ist, dir zu begegnen, aber ich weiß, dass du keine Lust hast, mich zu sehen. Und wahrscheinlich ist es auch keine gute Idee, in Hamburg bei dir aufzukreuzen, denn wenn du mich nicht mehr sehen möchtest, dann muss ich das akzeptieren.

Donnerstag, 19:03 – New York

Liv Jetzt sind schon sechs Tage um, und New York ist großartig, aber ohne dich verliert die Stadt ihren Reiz. Irgendwie nützen mir all die schönen Plätze nichts, und die vielen Menschen machen nur, dass ich mich noch einsamer fühle. Ich habe noch kein einziges Museum besucht, und ich glaube, ich werde es auch nicht tun. Ich wollte diese Sachen mit dir sehen, ich will New York mit dir erleben.

Freitag, 14:03 – New York

Liv: Ich bin schon wieder im Hotel und starre die schöne Wandtapete mit den goldenen Verzierungen in meinem schönen Zimmer an. Alles ist hier schön, aber nicht schön genug, um den ganzen Tag hier drinnen zu verbringen – wenn draußen die Stadt lebt. Ich sollte rausgehen. Aber ich bring es gerade nicht fertig, ich hab das Gefühl, ich passe nicht in dieses quirlige Leben.

Anton: Du passt nicht hierher?

Liv: Anton!
Du müsstest hier sein, nicht ich.

Anton: Da hast du recht.

Liv: Du sprichst wieder mit mir?

Anton: Anscheinend.

Liv: Warum?

Anton: Keine Ahnung.
Vielleicht weil mir Liv fehlt.

Liv: Es tut mir so unglaublich leid.

Anton: Ich weiß, Liv.

Liv Kannst du mir jemals verzeihen?

Anton Ich weiß es nicht. Ich bin so unglaublich wütend auf dich. Ich habe gelitten wie ein Hund, als du mich damals abserviert hast. Vielleicht habe ich aus den falschen Gründen gelitten, aber bei allem, was mir lieb ist, ich war schon damals in dich verknallt. Vielleicht habe ich nur das hübsche blonde Mädchen gesehen, vielleicht habe ich aber auch mehr gesehen – du hast uns damals keine Chance gegeben, Olivia. Wenn ich dir jetzt schreibe, ist es so, als würde ich mich mit zwei Leuten unterhalten, da ist Olivia, und dann ist da Liv.

Liv Und beiden tut es furchtbar leid, auch wenn du uns nicht verzeihen kannst. Aber ich verstehe dich, mir ginge es genauso. Das, was ich getan habe, ist unverzeihlich, Anton.

Anton Du findest es unverzeihlich? In dem Punkt bin ich anders als du, anders als ihr beide.

Liv Wie meinst du das?

1 Minute später

Anton Ich versuche, dir zu verzeihen. Aber nur aus rein egoistischen Gründen, weil es MIR hilft und ich sonst noch verrückt werde. Außerdem ist das Hotel wirklich schön und du hattest recht mit der Tapete. Die ist wirklich geschmackvoll.

Liv Woher weißt du …?

Anton Mach einfach die Tür auf.

Anna Pfeffer

Flo
oder der Tag, an dem die Maus verrutschte

ca. 272 Seiten, ISBN 978-3-570-17406-7

Flo hat viele schlagfertige Antworten parat, doch leider immer erst, wenn es zu spät ist. Ob in der Schule oder im Streit mit Moritz von nebenan: Im entscheidenden Moment fehlen ihr die Worte. Zum Glück sind ihre BFFs, Anouk und Julia, da ganz anders. Julia liebt das Drama und Anouk lieben alle. Anscheinend auch Ben, Flos Schwarm, denn Anouk hat ihn geküsst! Auf einer Kummerkastenwebsite schreibt Flo sich ihren Ärger von der Seele. Eine gepfefferte Mail über Verräter-Anouk, Moritz und die doofe Deutschlehrerin. Natürlich wird sie das nie abschicken. Doch ein falscher Klick – und die Mail ist raus. Plötzlich steht sie im Netz und ein Shitstorm bricht los. Der einzige Lichtblick ist, dass Ben Flo auf einmal beachtet …

cbj

www.cbj-verlag.de

20256

Anna Pfeffer

Für dich soll's tausend Tode regnen

320 Seiten, ISBN 978-3-570-17155-4

Leuten, die Emi nerven, verpasst sie in Gedanken eine Todesart. Und seit dem Umzug weiß sie nicht, wer mehr nervt: die Neue ihres Vaters, ihr Strahlemann von Bruder (stirbt bestimmt mal, weil er auf seiner Schleimspur ausgerutscht ist) oder Erik, Alphatier an ihrer neuen Schule, der einen auf cool macht und sie ständig provoziert (stirbt bestimmt mal an Hirntumor wegen übermäßigen Handykonsums). Als sie sich in Chemie mit Erik anlegt, kracht es im wortwörtlichen Sinn zwischen den beiden. Die Strafe dafür sind acht Samstage Graffiti schrubben. Mit Erik! Um aus der Nummer rauszukommen, schlägt Emi einen Wettstreit vor. Doch Erik ist nicht kleinzukriegen. Emi wünscht ihm tausend Tode an den Hals, bis sie merkt, dass es gar nicht so nervig ist, Zeit mit Erik zu verbringen ...

20246

cbj

www.cbj-verlag.de

Adriana Popescu

Ein Sommer und vier Tage

320 Seiten, ISBN 978-3-570-17149-3

Sich mal so richtig verknallen! Das wär's, denkt sich die 16-jährige Paula, der ihr wohlbehütetes Leben manchmal ganz schön auf die Nerven geht. Lernen, lernen, lernen und dann Karriere machen, das kann doch nicht alles sein! Paula würde viel lieber ferne Länder bereisen, ein richtiges Abenteuer erleben und sich mal so richtig, richtig verlieben. Als sie während der Busfahrt nach Amalfi ins Sommerferienlager versehentlich an einer norditalienischen Raststätte zurückgelassen wird – ausgerechnet mit dem süßesten Typen der Gruppe –, packt sie die Gelegenheit beim Schopf und lässt sich für vier köstliche, völlig losgelöste Tage mit ihm allein durch Italien treiben ... Tanzen im Mondschein am Strand all inclusive.

20229

www.cbj-verlag.de

Adriana Popescu

Paris, du und ich

ca. 304 Seiten, ISBN 978-3-570-17232-2

Romantik pur hatte sie geplant – eine Woche Paris bei ihrem chéri Alain. Doch angekommen in der Stadt der Liebe, muss die 16-jährige Emma feststellen, dass Alains »Emma« inzwischen »Chloé« heißt und sie selbst nun dumm dasteht: ohne Bleibe, ohne Kohle, aber mit gnadenlos gebrochenem Herzen. Ähnlich down ist Vincent, dem kurz vor der romantischen Parisreise die Freundin abhandengekommen ist, und den Emma zufällig in einem Bistro trifft. Die beiden Verlassenen schließen einen Pakt: Sich NIE wieder so heftig zu verlieben. Und nehmen sich vor, trotz allem Paris unsicher zu machen, allerdings auf ihre Art.
Doch ob das klappt: sich in der Stadt der Liebe NICHT zu verlieben?

20249

cbj

www.cbj-verlag.de